來自地球的魔女

許芳慈——著　Yolinmoon——圖

科技的魔法（推薦序）

林文寶

這是一本科幻小說，作者在小說裡面創造了M物質。這種物質是人類因為貪心，想成為造物者，創造而生。M物質像魔法一樣，可以達成人類所有的願望，不過因為人類的貪心及濫用，導致M物質失控，危害人類，這是小說的前提設定，相當有趣。

「科技始終來自於人性。」這是某知名手機商的標語，意思是他們商品的設計，都是為能讓人類更為方便地使用。我相信這是所有科技的初衷，科技是為了讓人類過著更為美好舒適的生活。因此科技開始扮演魔法般的角色，讓許多不可思議的事成真，例如古人一定怎麼都想不到，現在的人可以隨身帶著一個小手機，沒有任何線材的連接，便能與十萬八千里的對方通話，這簡直就像魔法。

科幻小說一直是文學作品當中，獨特的一類，也是為了滿足人類對未來的更大想像。科幻小說要寫得好實屬不易，創作者必須要有專業的科學知識，在密不透風的邏輯中，見縫插針發揮想像力，寫出令人欣賞的作品。「科幻」名符其實就是結合「科學」與「幻想」的文類，若是沒有科學的依據，天馬行空，那麼信服力就會大為減少，作品的精彩度也會大幅驟減。

在閱讀《來自地球的魔女》的過程中，我心中充滿疑惑，因為這部作品把兩個幾乎衝突的元素放在一塊，也就是「科技」與「魔法」；科幻作品講求實質的科學根據，絕對與漫無邊際的魔法幻想衝突，水火不容，怎麼可以放在一起？不就成了四不像了嗎？

後來才發現這一切都是作者精心所設下的陷阱。原本看似不合的兩個元素，在作者的精巧布局之下，竟然開始慢慢合理，而且成為故事最重要的懸疑關鍵，使我不斷地想一窺究竟，期待作者最後的解謎；當作者公布謎底時，才豁然開朗，暗地拍手叫好。作者寫作的功夫扎實，故事開始便拋了一個大問題，還刻意在我們的眼前變魔術，沒有留下漏洞，讓人直呼過癮。

這部作品也不忘拋出許多社會議題，供讀者反思檢討。例如：生態議題、人類生存的基本價值，還有人與科技之間的倫理問題，都是作者想透過小說與讀者對話的話題，希望能引起讀者對於這些議題的重視與討論。

人類的科技勢必會越來越發達，許多科幻小說的情節可能都有變成真實的可能。不過隨著科技的發達，醫療的進步，人類的平均壽命肯定越來越長；糧食短缺，環境遭到破壞汙染，機器取代人力等問題也會隨之而至，相信這是科技社會的後遺症。人類的生活會逐漸改變，甚至地球無法再居住，必須移居太空，尋找另一方淨土，這也是這本小說的設定。或許，這本小說只是要再次提醒我們，現在還來得及為環境作出保護與補救，不要等到一天，為了科技，犧牲自然環境，那時就後悔莫及了。

當地球變成故鄉（推薦序）

張輝誠

許芳慈是我在中山女高教書第一年的學生，後進入師大教育系就讀、又考取公費負笈美國取得博士學位，即使寫作並非其學術專業領域，但她始終保有極高熱情，每隔一段時間就有新書出版。這次新書《來自地球的魔女》，敘述人類因地球危機而移民外太空星球太空站，地球人後代少女回到地球遭遇並解決了重大危急事件的故事，並從中引發讀者深思該當如何看待宇宙規律與人為力量的衝突與和諧，以及科學力量與魔法之間的界線、侷限與新可能，甚至地球作為太空移民者之共同故鄉，引發太空移民後代的回望、依戀與鄉愁，——早晚有一天，我們會成太空移民者的前行者、或者是祖先，或是他們共同的鄉愁。

目錄

序曲

真禾做了一個夢，一個很真實的夢。

夢裡有風、有光、有某種輕柔的聲音。

真禾感覺自己躺在翠綠的草地上，四周是一望無際的平原，她從未看過這麼遼闊的景象。

金色陽光落在她臉龐上，她感覺整個世界都猶如溫室一般暖和。

風起了，天空飄過白色的奇妙雲氣，草波朝同一個方向蕩漾。

她從沒看過世界有這種面貌。那裡很美、很陌生，但卻又有某種令人懷念的感覺。就像碰到好久不見的老友一般，她彷彿還能聽到有人正在呼喚……

可惜夢醒後，觸目所及卻是黑暗。

在人工天幕升起前，包圍他們F-737太空站的，就是這樣一貫的色彩。黑暗，深邃，無邊無際。

那是一整個宇宙。

1 前往那個藍色星球

F-737太空站。

和其他各國的太空站相似，這個容納近乎十萬人的台灣太空站，今日也依然按軌道在火星附近繞行。內側相對的棋盤式街道，讓蜂巢型的居住大廈與塔狀大樓像放在收納盒裡的小玩具一樣整整齊齊。而這一切，都平均分散在完美的大圓弧內，繞著中央不動的發射塔緩緩轉動。

值得一提的是，在這座太空站裡，要分辨東西南北並不是那麼簡單的事：因為人造重力是靠著旋轉產生，站在城市這頭的人只要一抬頭，就可以看到頭頂上「倒立」的居民在做什麼。

「福爾摩莎七號」。

大部分記不得F-737這編號的人都會用這個通稱。但說實在的，它的圓環造型比較適合另一個名字：「甜甜圈」七號。真禾記得小時候，媽媽總是這麼說，現在想想，雖然聽起來有點幼稚，但至少在形狀上像多了。

不過不是每個台灣人的故鄉都在這裡。媽媽就和真禾不一樣，她來自「長笛」六號，至於爸爸，則是來自「皮球」五號，兩個太空站相距0.000001光年遠——已經算很近的了。

至於爺爺奶奶？他們住的可就更遠了。

他們不是來自太空站，而是來自星球——「地球」。從F-737的太空窗望出去，就可以看到，它像藍琉璃珠一樣閃閃發光，和紅火星遙遙相對。

聽說所有人類都是從那邊來的。

真禾常覺得不可思議，這麼小的星球怎麼能容納七萬個太空站的人？她想，要是她也是爺爺奶奶的年紀，住在那裡一定會覺得擠得不得了。但爺爺奶奶卻很喜歡地球，事實上，奶奶還活著時曾不只一次抱怨，要不是M物質在地球引起的「黑化效應」破壞了環境，他們真希望能永遠住下去。

但那也是三十年前的事了，現在是二〇六〇年，地球從一個八十億人居住的大星球，變成一個八十萬人住的鄉下行星。現在根本沒人在意黑化效應了，更不用說地球本身。

除了真禾以外。

今天是真禾的大日子。再過一小時，她就得離開福爾摩莎七號，前往太空窗外那顆小小的藍色星球……這將是她第一次的星際實習！

對一個十四歲的實習生而言，離開太空站當然是難得的機會。為此，她已經做好萬全準備了：她剪了一頭方便整理的直短髮，換上了規定的白色連身制服和黑色皮靴。左胸前還別著目標基地的曙光圖樣徽章——上面寫著「道藍基地」。

現在萬事俱全，只欠東風了——當然前提是，要是她能脫離市中心的混亂交通，趕上集合時間的話。

「討厭，怎麼會大塞車嘛！」

無論是在地球，或者上太空，交通永遠是大麻煩——以前真禾的爺爺總是這麼抱怨。就像現在，真禾只能眼巴巴地坐在爸爸的磁浮轎車裡，盯著中央運輸塔，祈禱太空梭別提早起飛。

「這怎麼可能趕得上……」媽媽緊盯著前方，好像可以透視高塔，看到裡頭的太空梭準備出發似的：「沒辦法。小禾，妳直接下車跑過去吧！」

「欸？直接穿過車道嗎？」對於這種明顯打破交通規則的建議，真禾遲疑了一下。

「偶爾一次，沒關係啦！」爸爸說完這句，還補了兩聲喇叭。

真禾不確定這到底是好或不好，事實上，眾目睽睽下違反規定讓她有點不安。但相較之下錯過班機更嚴重，那顯然也沒什麼好考量了。

「那我走囉！」真禾抓起背包，推開車門。

「一路順風！」

「要寫信聯絡喔！」

當車門快關上時，她聽到爸爸和媽媽的叮嚀與祝福。

真禾不是第一次離家遠行，但卻是第一次實習，外加一個人上太空梭。當終於進入運輸塔時，她才意識到自己恐怕和爸媽道別的太早。因為光是看到眼前的景象，就夠讓她不知所措了。

到處都是星際旅客，成千上萬絕對不是形容詞。在半透明的圓頂之下，浮空跑馬燈不斷亮起，廣播聲循環播放。

「對不起！借過一下。」

真禾跑過整個廣場，氣喘吁吁，直到電梯關門前的最後一秒才把自己擠進去。當然，成功地得到一頓白眼。

她只得忍耐到八樓。

「八樓，到了。」電梯門打開時，電子女聲輕柔地報告：「前往聯

合國火星基地，與地球的旅客，請在本樓……」

衝啊！

真禾背著背包，頭也不回地衝。她知道這樣很沒禮貌，但情況緊迫！得趕緊穿過長廊，通過準備室……

「趕上！」真禾總算趕在最後一秒，按下登機艙按鈕。

嗡。電子帷幕打開。

她差點沒被嚇傻。

一個身穿道藍基地白制服，理著俐落平頭的亞裔青年，板著一張臉出現在她面前，他背後則是……即將準備升空的永續號太空梭！

「高真禾同學，妳是怎麼搞的，讓全團的人等妳一個？」對方冷冷看了她一眼，並在電子筆記上不耐煩地戳點幾下：「妳不明白遵守規定的重要性嗎？」

很明顯地，他大概就是輔導員了。

「我……我……」真禾雖然低下頭來，還是好奇地偷瞄對方名牌一眼——「中尉：李國端」——上面是這麼寫的，不過「李」那個字被放大了，顯得青年的真名反而像是附帶一提似的。

看來他是基地的駐軍？真禾不覺有些緊張。她不過是個中學生，還沒有碰過幾次真正的軍人呢。不知道軍人是不是都像電影上演的一樣凶神惡煞？

不過好在真禾的好友芳蘭看來已經登機了。至今這趟旅程可以確定不會太無聊……

李一臉嚴肅地抬起頭來。

「做什麼？遲到還敢東看西看！」

真禾嚇得全身抽了一下。

歉。

「對……對不起，長官。」她連忙學電影裡那樣行軍禮對對方道

「長妳個頭！妳連個兵都不是。我是妳的輔導員！」李的表情看起來更冷峻了：「現在快把行李帶上太空梭，立刻歸隊！」

「啊……是！」

這下可不妙了，實習還沒開始，就留給輔導員這麼壞的印象……應該，不會影響到畢業成績吧？

真禾帶著不安的心情，登上太空梭，坐在芳蘭為她留著的位置上。

……很不巧的，位置就在李的正後方。

「**編號S-07，永續號，發射倒數開始。**」

或許是太擔心輔導員對自己的評價，面對發射倒數的強烈震盪，

和讓人頭昏眼花的搖晃感，反而沒讓真禾太過緊張。

倒是芳蘭，似乎因為過度緊張，不斷想和真禾搭話。

「十、九、八……」

「小禾，妳能趕上真是太好了。我還以為妳爸媽臨時反悔，不讓妳去了呢。」芳蘭玩著綁在腰上的安全帶笑道：「好在妳有來，不然接下來的三個月我一定會很無聊！」

「我怎麼可能不來，學校不是規定大家都要參加嗎？」真禾小聲地回應，一邊偷瞄李手上的電子筆記。

可惜就在同時，螢幕被關閉了。

「七、六、五……」

室內燈光關閉，發射站的平台將永續號垂直翻轉。雖然在水平儀機艙內，感覺不到機身豎起時重心改變，但光看窗外景象就夠嚇人的了。

真禾聽到尾端引擎點燃時，發出的陣陣怒吼——如果魔法世界中的龍是存在的，發出的叫聲大概就是如此吧！

「……**四、三、二**。」

當平台升起，上方的發射口敞開時，窗外可以看到宇宙的千萬繁星。那包圍他們無邊無際的黑暗，就像深淵一般，讓人既是興奮，又是畏懼。

也就在這時，真禾才終於從遲到的擔憂脫離出來，開始為未來不可知的旅程緊張。

她連忙握住兩旁的把手。

「啊，地球在那。」

真禾從另一側的窗外隱約能看到遠處的藍色星球，不過她的聲音被引擎聲蓋過了，芳蘭沒注意到。

「一。」

隆隆巨響。

超音速的推進，變成彷彿巨人似的壓迫，令人難以呼吸。強大的後座力更是同時將機艙內的兩百人壓向椅背。

「妳看……哇喔喔喔，我的……天啊！」真禾感覺自己的牙齒被震得直打顫。

「不要說話，小心咬到舌頭！」前座的李高聲警告。

突然，真禾感覺到身體一輕。

她看到遠方那小小的藍色星球，迅速地滑向斜後方消逝。

在彷彿雷鳴的騷動之中，永續號太空梭，便朝向黑暗的宇宙飛翔出去。

給爸爸和媽媽：

雖然先前答應要寫信，但真的要寫時又不知道該寫什麼了。最近發生好多事喔，有好有壞就是了……

星際旅行真的很好玩。沒有重力真是太棒了！希望以後在太空站裡也能這樣。在吃飯時，我們會趁輔導員不注意，偷偷把果汁擠成水珠，拿果醬在空中畫畫，讓大家飄起來搶著吃，超級好玩的！

還有，在前後艙通道的六角宇宙窗那邊，是我最喜歡的地方。從那裡看向窗外，就好像飄浮在宇宙間一樣——不過芳蘭不喜歡那裡，她說萬一窗戶破了，我們都會飛出去。

其實如果不會怎樣的話，能自由自在地飛，肯定比在機艙裡飛更棒。我一直都很希望自己會飛，要是能在天空或宇宙飛行，應該很不錯吧！

我們有看到地球喔。雖然遠遠看去是藍色的，但再靠近一點看時，地球居然是彩色的呢。

不過因為黑化效應的影響，地球上很多地方都變成黑色的了。看起來就像黑洞一樣，說真的有點可怕。聽老師說，黑化效應嚴重的都是M物質比較聚集的地方，像是以前的實驗室或發電站。但現在好像不只呢！大概是因為大家都不管，M物質才擴散得到處都是……

那些被黑化的地區就沒有生物了吧，不知道上面原本的人和動物都逃到哪裡去了？

有一次我在太空窗碰到一個白頭髮的歐裔老先生，不知道他是誰，感覺是很厲害的人物，可能是基地的貴賓吧。有一次那裡只剩我和他，他沒說話，只是一直盯著地球看，那樣子好像爺爺喔。

對了，爺爺最近好嗎？

女兒　真禾　二〇六〇年六月九日

2 地球上的基地

太空梭降落時的震撼程度和起飛時差不多。又是一連串的震盪、震盪、震盪……大氣層和地球引力的威力顯然比教科書上寫的還要強大，感覺全身的骨頭都快被震散了！

「全機人員注意，著陸預備！」駕駛透過廣播宣布。

真禾偷偷瞄向窗外。

嘩，真是不得了！所有的景象都在高速翻轉！

只見雲層兩端的機翼畫破天際而下，高高低低的山脈一下在斜右方，一下卻又翻到左後方，引擎怒吼，簡直像快墜機似的。真禾心裡緊張得要死，手指抓著握把抓到發白……

「什麼時候才要降……落喔喔喔……」芳蘭出口的話完全變成抖音了。

「閉嘴。」這次李的回應更簡潔有力。

短短三十分鐘的急降，在真禾心裡卻彷彿一整天那樣漫長。直到機身終於停下，機長廣播再度響起。

「各位永續號隊員，歡迎來到道藍基地。」

艙內才總算湧出了歡呼。

「請各位成員跟隨指標，向基地移動。」

和廣播聲一起出現的，是地上由光子組成的螢光指標，指示著基地的方向。

但在這麼做以前，很顯然地，還有個更緊要的困難該先克服——地球引力。

雖然在出發前，他們所有的人都對地球環境有模擬演練了，但沒想到，實際登陸時依然完全出乎他們意料。地球引力意想不到的大！這讓剛從無重力狀態下降落的他們，各個都像扛著千斤擔似的。

「背包怎麼變得那麼重！」真禾吃力地拉下背包——好在沒像隔壁同學那樣失手砸到頭。

「別說背包了，天啊，我覺得自己好像胖了好幾公斤。」芳蘭也嘟囔道。

而且地球的空氣嗅起來和太空站完全不同。不但說不上新鮮，還有一種混和了各種奇怪土氣、植物的臭味道。

踩在前往基地的道路上，許多實習生都是一邊捏著鼻子，一邊拉行李的。不過還有更慘的，那就是完全不能適應重力的人。事實上，有許多人光要走路就重心不平衡，頻頻摔倒在地；基地的輔導員們和救護班更是隨時待命，準備把走不動的人推進拖車裡，像是小baby一樣地推走。

要是假裝走不動，搭車就輕鬆多了吧！不過，之後會被強制留在觀察室裡，那可就什麼活動都不能參加了呢。

所以真禾和芳蘭還是認命地前進……向機棚不遠處的道藍基地。

那是一棟巨大的灰色碉堡建築，頂端插著藍色的聯合國旗。上方有個旋轉的雷達，不斷向著天空的方向轉動。

看起來就像個古老的軍事基地一樣，真禾想。雖然她聽說這裡面有對抗黑化效應最先進的研究，應該比較像實驗室才對。但是，她卻不覺得自己像要成為研究實習生，而是要加入軍隊的感覺。

「快步前進，不要發呆！」李下了個不合理的命令，但不知為何，大家似乎真的都努力加速起來。真禾只得暫停思考，設法跟上腳步。

他們花了三天才比較適應地球的環境，但要熟悉道藍基地，似乎得花更多時間。

其中一個主因是基地太大了：地上會議室雖然只有三層，地下研究區域卻有十五層，所有房間都圍繞這大圓柱的建築向內聚攏，上方是白色網狀的穹頂。

站在三樓交誼廳朝下望，只能看到大廳，看不到地下樓層。因為大部分的地下樓層都是反M物質研究室，聽說有些甚至得穿上全身防護服才能進入。不過，光看大廳也夠有趣的了——那裡從來都不寧靜，隨時都有上百人穿梭。來自各個國家，各種膚色的研究員用不同語言快速交談著，為了聽懂所有人的話，耳塞式翻譯機在這裡天天都必備。

「這裡比福爾摩莎還複雜好多。」在第三天上午前往課程的路上，芳蘭給出了這個評語：「每個人都長得不一樣，上次碰到一個皮膚好黑的人，從暗處突然走出來，嚇死我了！」

「是比福爾摩莎複雜沒錯，但我覺得很好啊。」真禾回應道。她覺得正是這種不同，才讓這個聯合國這麼有趣。畢竟平常要同時碰到這麼多不同的人，還不太可能呢！

她們按照時間來到大講堂前，卻意外地發現那裡已經聚滿了實習生。鬧烘烘的聊天聲嘈雜到翻譯機根本翻譯不完，未知的語言形成陌生的嗡嗡聲，很難分辨出誰究竟在講什麼。不過，從聽到的隻字片語還是能拼湊出來——由於今天基地的負責人馬克・連恩總長臨時有空，他將親自參與今天的M物質講座。這也是為什麼原本的分班會被取消，所有的人都聚到一起。

終於能見到總長了！既然如此，今天的課一定特別重要！真禾心想，不覺地興奮了起來。她完全瞭解大家為什麼這麼七嘴八舌。

「各位，請注意！」就在這時，一個高亢的女聲突然從牆上擴音器發出指令：「等會門打開後，請各位循序漸進走進來，按照號碼坐在自己的位置上……」

真禾試著透過聲音猜測說話的人是誰，但那聲音很陌生，似乎不是他們這幾天碰到的輔導員。

「也許她就是總長！」芳蘭興奮地說——不過或許太興奮了。她完全忘了「馬克」應該是個男性名字。

真禾只是笑了笑，跟隨人群步入大講堂，準備朝階梯教室的第五排找尋編號。但當注意到講台上的人時，她的腳步忍不住停了。

不，引起她驚訝的不是那個拿著麥克風指示他們的非裔女研究員。也不是在桌上檢查教具，確認器材的工作人員。而是……

「芳蘭，妳看那個老爺爺！他和我們搭同一艘太空梭來的！我在宇宙窗那邊碰過他！」真禾壓低聲音，但壓不住語氣中的興奮：「妳覺得他會不會是總長？」

「真的？所以他就是那個首席科學家？」

真禾猜得沒錯。當那位非裔女研究員凱莉介紹完自己後，便為大家介紹老爺爺馬克總長。

掌聲如雷。

「謝謝各位。」馬克總長緩緩道謝，但那張滿是皺紋的臉上似乎很難擠得出笑容：「接著，容我介紹我們基地安全的守護者——貝爾將軍。」

立體投射將貝爾將軍寬胖的身材投到了講台上，半透明的影像立刻笑著向實習生們問好。不知為何，圓滾滾的將軍看起來比總長和藹多了——這倒是同時打破了真禾對科學家和軍人的印象。

在道藍基地的科學家和軍人在穿著上沒什麼不同，都是白色連身制服。唯一的差別就是代表他們單位的金色臂章：一個是軍人的劍盾，一個是研究者的向上箭頭。

至於實習生，則是留白。

「過了這麼多天，各位應該比較適應地球生活了吧？」馬克總長向大家象徵性地問候：「這堂課希望你們多用點心，因為凱莉會在這裡用M物質進行示範。」

實習生們小小的驚訝聲讓總長停頓了一下，同時從嚴肅的臉換為更嚴肅的臉。

他繼續用低沉的聲音說道：「相信不用我多說，你們也知道M物質的厲害——它可以轉變任何物理條件：重量、密度、性質……甚至還包括了時空。如果不是它的破壞，我們人類根本沒有離開地球的必要。」

大家依然睜著大眼看向總長，似乎不知道該做什麼反應——想想也是，畢竟大多數的人都是在太空站和火星出生的吧。地球實在太陌生了。

「現在聯合國和世界上所有頂尖的科學家，都致力於掃除地球上的M物質。」馬克總長說到這裡，突然臉色一變，提高了聲調：「很幸運的是，由本基地研發的『伊登的蘋果』，可能就是答案。而各位實習生將很有機會目睹這歷史性的一刻。」

「解決黑化效應，讓人類重返地球的一刻。」

給爸爸媽媽：

沒想到那位感覺很像爺爺的老先生就是總長，真是嚇了一跳呢！他說我們來的正是時候，也許可以看到黑化效應從地球上消失喔，爺爺如果知道一定會很高興吧。

話說回來，那天的課程真的很有趣呢。和一開始給人的感覺不一樣，總長離開後，我們才發現凱莉小姐是很活潑的人。她說她很會講笑話，因為以前她的第一志願是成為喜劇演員，而不是科學家。不知道是不是真的？

對了，M物質的示範很有趣。雖然真的有點危險，但第一次看到真的M物質呢。比課本的顯像圖好多了！

凱莉用某種四角金屬限制器控制住黑漆漆的M物質，讓它聚集成一團飄在空中的黑球。她說，只要電力夠強就沒有問題，以前地球上的發電站就是這樣用機器人和迴路這麼做的——至少在M物質失控的大災變以前，一切都控制得好好的。

之後她開始拿水杯靠近黑球……你們猜怎麼樣？水居然全部消失了！凱莉說，在控制下，M物質能照她的意思改變物理條件。像是剛剛，她就設定讓M物質瞬間加熱杯子裡的水，所以杯子現在燙得要命。但是反過來要讓水結冰，也是可以的。

當然，不只是這樣而已。之後她又讓那團M物質做出各種奇怪的事，像是讓羽毛的重力變重，像鉛球一樣；讓硬鐵變軟，像是麵條一樣；當她把乒乓球丟進去時，球甚至消失了，從教室的上面掉下來！就像變魔術一樣！

「雖然這些看起來很有趣，但如果是在沒有高壓電流控制的情況下，你可不知道M物質會對你做什麼。」凱莉好像說了這樣的話。然後她發給我們一人一個銀色的「魔法羅盤」。

我知道那是M物質偵測器，我在爺爺家看過，不過他們給我們的更漂亮。上面有兩個指針，紅色長針和白色短針。

「各位，打開開關，聽到越來越急促的嗶嗶聲時，小心M物質在你身邊！記得，紅色指的就是危險區，記得要往白色的安全區避難。」

然後凱莉要我們大家同時打開開關。結果……

她忘記把M物質先送回實驗室了。全班的紅色指針都指向講台，嗶嗶嗶嗶的，超吵鬧的！

凱莉說要把這個糗事當做我們之間的小祕密，不能讓總長發現。不過，我只是寫在信上，應該還好吧？

女兒　真禾　二〇六〇年六月十四日

3 討人厭的小魔女

或許一切得從三十年前的「大災變」開始說起。

在大災變以前，所有的人類都住在地球上。可以想見，地球人非常非常多，足足有八十億多，但是資源卻很有限。

溫室效應、冰山融解、海水倒灌，有些國家消失了。暴熱暴冷的天氣更是讓許多土地再也種不出作物——好在靠著生化科技突飛猛進的大革命，大家靠著合成食物，總算沒有餓肚子。

不過另一個物理學上的大革命就不知是好是壞了。

「當時研究宇宙生成的物理學家，在觀察黑洞的過程中意外發現，構成宇宙萬物特性的，其實是某種黑色的神祕物質。由於這種黑色物質太難以定義，因此科學家只能暫時給它一個比較好稱呼的名字：M物質。那個M，有的人說是源自萬物論中的M理論，也有些人說是奇蹟（Miracle），或者魔法（Magic）。但對我來說，那只是純粹的科學而已，和『奇蹟』或『魔法』那種浪漫的東西無關。

「直到現在，我們也未能完全瞭解M物質，但在不斷實驗後，當時的人至少發現能夠用高壓電流加以控制。換句話說，只要人類想要，改變某樣東西的物理性質並不是難事。」馬克總長坐在偌大的會議室，對基地內的科學家與軍人們低聲說道：「有限的水可以無限再生，電能的燃料可以用之不盡，不夠運用的空間甚至可以反重力蓋到天空中。在改變地球的物理法則後，一切問題都得到解決。人類彷彿神明，能將世界改造成他們理想的樣子。要說這種技術是人類史上最偉大的發明也不為過……

「可惜，利用自己並不了解的東西，就如同不會跑步卻想學飛一樣，最終將如伊卡洛斯被燒盡羽翼。人類將M物質過度利用，導致大災變發生。超量的M物質失去控制，一發不可收拾地吞沒地球各處，改變當地的物理環境。而那些被改變的……就再也回不去了。」

馬克總長站起身，雙手撐著桌子，深深望向會議桌上方漂浮的地球立體投像。被M物質吞沒的黑化效應區，最近似乎擴張了不少。

「謝謝你的講古，馬克。」貝爾將軍圓滾滾的笑臉與總長揪成一團的五官形成對比：「不過光是這個月，黑化效應就讓我們基地距離黑化區一下少了五公里。現在，不是該優先考慮『伊登的蘋果』嗎？」

「『伊登的蘋果』需要發電站配合，但我們到現在還拿不到四十四號站的金鑰。」馬克總長解釋：「裡面的管理員機器人失蹤了……這讓破解系統的難度增加不少。」

「危險度也會增加不少，別忘了裡面本來就有高濃度的M物質。」貝爾將軍提醒對方：「但現在沒別的辦法了嗎？」

「就算有。」馬克總長的眼中露出憂慮：「為了安全，我們還是得把道藍村的居民遷走。」

「各位同學，被分發到道藍村的跟我走！」

當凱莉這麼宣布時，真禾覺得自己真是走運極了——她偷瞄一眼芳蘭那組，雖然他們可以留在基地，但卻很倒楣地是由臭臉的李中尉親自帶領。看來科學實習要變成軍訓課了。

「好啦，準備上車囉。」

真禾和其他實習生一同上了通往道藍村的磁浮快車，凱莉站在車廂最前面分派他們的任務。

「等等我們就要離開基地，進入當地的村落囉。」凱莉提醒：「當地文化和我們很不一樣，請大家執行任務時要特別留意喔。」

聽到凱莉這麼說，一些人開始緊張地竊竊私語起來。真禾雖然也有些緊張，但心中更多的卻是期待。她看向手上分派的任務表，自己的任務是——

「拜訪D區每一戶居民，提醒他們要搬遷的事。」

這也太簡單了！

但就像能猜透真禾心事似的，凱莉看著實習生們，伸出食指搖了搖：「等等，別以為很簡單喔。我們輔導員會監督各位，要是任務沒確實達成，可是會扣分的。」

真禾連忙點頭回應。不過，其他同學似乎完全沒有注意聽……

「看，那是風車！我在課本裡看過，地球人和我們不一樣，是用風力發電而不是核能。」一個刻意壓低的聲音從真禾背後傳來。

真禾向窗外看去，還真的看到一整排白色風車！老天，它們大得就像白色的巨人，站滿了整座山頭，而且張著手臂不斷朝他們揮舞。

「啊，我看到煙囪了，這也是地球的特色！」另一排角落，有人指向外頭一棟棟彩色磚屋。看起來似乎是歐式的，相當小巧可愛。裡裡外外，可以看到不同膚色的地球人穿著花花綠綠的休閒衣服，這點倒和他們平時在太空站時滿類似的。

「那他們真的在家裡用火嗎？太危險了吧？」

「他們也有遠端空調嗎？」又有人追問。

車廂內此起彼落的驚嘆聲，讓凱莉也停止講課，加入了討論。

「呵，等等還有的是好玩的東西呢。」她神祕地笑了笑：「去年的實習生們甚至被某個東西嚇一跳呢，不過我要先賣個關子……」

「哦，我看到了！」一個興奮地聲音打斷了凱莉即將說的話：「是不是那個飛在天上的牛！」

「飛在天上的……**什麼？**」

凱莉的表情明顯一愣，她瞪大了眼睛。

「還有飛天豬！」不只一個聲音指向窗外興奮地叫道：「山羊、鴕鳥、狗！」

「那才不是鴕鳥，是一隻雞。」

大概是急著要看清到底是雞還是鴕鳥吧，真禾猜想，凱莉幾乎是用飛撲的速度衝向窗邊。

半空中還真的都是飛起來的動物。牠們身上似乎綁著某種草繩，長長地從地上的庭院和房舍中延伸。就像動物氣球一樣，只不過牠

們都是真的！當真禾看到最靠近她的那條豬在空中打滾，張口發出「拱」的叫聲時，她這麼想。

地球人真會利用空間呢。

「這些也是地球特產嗎？」

面對這個問題，凱莉張開口，但沒有回答。她在安排所有人下車到達實習區域後，便快步走進通訊室。

「幫我轉總長！……什麼，在開會？不，不，狀況真的很不妙！就算把電話整個端過去也得找到他，你知道我的意思！」凱莉急得在電話另一頭手舞足蹈。

「是道藍村，對。『異象』又發生了！」她扶著額頭說道：「那個『小魔女』，恐怕真是個讓人頭痛的人物呢……」

真禾很想報告爸媽在地球實習有多辛苦。不過，事與願違，因為她的任務實在太輕鬆了！

D區是個很小的區域，總共只有十五戶人家。而且出乎意料的，地球人們對道藍基地似乎頗有好感，不是邀請真禾到屋子裡聊天，就是想送她蔬菜水果。真禾猜想，這或許是地球人的禮貌，因此也不好意思拒絕。怎知就這樣不小心拖延到第三天傍晚才結束。

不過，地球人雖然很友善，但在說到某個話題時，卻會同仇敵愾地變得很氣憤——那就是村外森林裡的「小魔女」。

「她和那隻黑貓都是惹禍精！」一個大嬸抱怨：「一下在晴天飄大雪，一下讓動物在天空亂飛！上次半個村的布鞋都不見了，到現在還沒找回來！」

「噓，別說得這麼大聲。還記得上次強森他們家怎麼了嗎？那魔女的魔法很厲害的，就算一公里外的壞話都聽得到。」坐在她身旁的老伯連忙打斷她的話。

「真的嗎？所以你們都看過她的魔法囉！」從小就喜歡奇幻故事的真禾聽到地球有魔女，眼中閃出興奮的光芒。

「我們寧可沒看過。」村民們看起來倒是不怎麼興奮。

凱莉的立體投影出現在會議中，接著螢幕上的畫面一閃，秀出了道藍村上方的景象。

村民們正踩在梯子上，設法把飛在上方的「動物氣球」們牽下來。奇怪的是，動物們似乎沒有因為突然學會飛行受到什麼驚嚇，反而還不太想著陸似的。像是最靠近螢幕的那頭牛，就一邊哞哞叫，一邊翻滾抗拒。

沒有心理預備的貝爾將軍看到這幅景象，「噗」地笑到差點沒把咖啡從嘴裡噴出來。至於非常自制的馬克總長倒沒有笑，只是嘴角僵硬地抽了幾下。

「太神奇了！這跟上次讓村莊提早過聖誕節是同一個人做的？」將軍擦了擦嘴角問道。

「是。」凱莉一臉無奈。

「魔女嗎……她還幹了什麼好事？」總長追問。

但回答的不是凱莉，而是在會議室的李中尉。

「事實上，那是我的下一個報告。」他起身冷冷地說道：「我們的維修員，終於找到上次村民們失竊的鞋子了。」

總長對「維修員」能找到失物感到奇怪地挑挑眉。

李直接用照片解釋——那是一台被解體的基地偵察機，外加一坨沾染汙油、五彩繽紛的布鞋。

貝爾將軍這次很節制的沒有笑出來。

「好吧，至少我們知道派出去找四十四號站的偵察機為什麼會失聯。下次最好別設定無人操縱。」他停頓了一下：「往好的方面想：至少村民終於不用光腳了。」

馬克總長沒被這個笑話逗笑。事實上，看到那畫面，他的眼睛已經快瞪出火了。

「這些『異象』……一定有什麼理由。」總長低聲說道：「我們不能繼續讓這個『魔女』作亂，一定要設法找出她才行。」

「什麼，妳居然想找魔女？」聽到真禾前一個問題的太太，露出驚訝的表情：「就算魔女想來找我，我還不想讓她找呢！」

「拜託嘛，我也想看看魔法。」真禾追問。

「……但就算妳這麼說，也沒人知道她在哪啊。」太太解釋：「那魔女根本不住在村子裡，只有惡作劇的時候才會出現。」

她說到這裡突然壓低聲音：「有時候我們懷疑她到底是不是鬼魂……」

聽到「鬼魂」兩個字時，真禾就知道差不多該告辭了。不知道為什麼，地球人似乎很習慣把什麼事都怪罪到「鬼魂」。找不到東西就說是鬼魂偷的，雞不下蛋也是鬼魂搞的，就連D區角落那棟讓人感覺奇怪的紅色小磚屋，都被稱為「鬼屋」。

「那棟屋子早就沒人住了，但不知道為什麼，有時會有人影從窗內一閃而過。」村民們是這麼說的。

對真禾來說，這只有一個可能——就是有人偷偷住在裡面。而她身為D區的聯絡人，自然有確保所有人知道遷移的責任……就算那可能是個怪人。

「嗨，我叫真禾，請開開門吧！」這三天她每天都敲著紅磚屋的門大喊：「我有重要的事想告訴你！」

但是都沒人回應。

直到第三天傍晚。

當她再度敲門時，有個聲音回應了。有個熟悉的嗶嗶聲……從她口袋裡的M物質偵測器中發出。

「……奇怪？」

真禾拿出偵測器，將它轉向各個方向。嗶嗶聲不但沒停，甚至還變急促起來。

嗶。嗶。嗶嗶。嗶嗶。

「該不會壞了吧？」

她用背靠住紅屋的大門，仔細端詳手上的偵測器。但門卻毫無預警地向內「咿呀」一聲打開。

「欸？」

真禾感覺腳下突然一空，一道強烈的吸力突然將她吸引進去。

門的內部什麼都沒有，只有一片不見邊際的漆黑。

「呀啊啊啊！救命啊！」

真禾感覺自己像回到宇宙中飛了起來，又像朝無底洞墜落。而一切都發生在短短三十秒內……

砰！門再度關閉。

如果這能算魔法的話

如果這能算魔法的話，一切該有多好！
我要先飛上藍天，再跳入大海
和魚群們一起環遊世界！

如果這能算魔法的話，一切該有多好！
我要養一隻黑貓當寵物，
再讓黑貓養一隻獨角獸
一隻噴火龍

如果這能算魔法的話，一切該有多好！
我希望回到很久以前的過去，
或者很久以後的未來
要是能讓過去、現在、未來
三個我一起見面
我們要一起開派對！

4 森林裡的魔女和黑貓

一開始發現自己站在某棟屋子的玄關時，真禾還以為自己眼花了。但仔細一想，或許剛剛掉落黑洞裡才是幻覺。畢竟自己再怎麼會幻想，也不可能想出一個從沒見過的女孩，站在自己面前吧？

更何況那個女孩……她看起來和真禾差不多年紀，就連身高也差不多；她頂著一頭鮮豔的紅色長髮，亂七八糟地披散到腰間；墨綠色的雙眼像寶石一樣閃動著，跟她腳邊的黑貓正好湊成兩對；不過最讓人在意的，卻是那身和村民彩色服裝完全相反的全黑連身裙……看起來就像……

紅髮女孩突然出手按住真禾的肩膀搖晃。

「是妳嗎？妳就是那個叫真禾的人嗎？是妳在找魔女嗎？是妳在找住在紅磚屋裡的人嗎？」女孩異常興奮地叫喊，像十支喇叭突然嗶哩叭啦地在真禾耳邊響起：「是妳在找『我』嗎？」

「等……等一下！」真禾雖然被連珠砲的問題嚇得頭昏眼花，但總算還是聽出了其中的連結：「妳的意思是……**妳就是那個魔女？**」

「沒錯！」自稱魔女的紅髮少女立刻點頭。

「騙人，我才不相信妳會魔法。」真禾直覺地回嘴。

少女愣了一下，好像沒料到真禾會是這個反應。

「看吧，日日，爸爸就說妳不能操之過急嘛。」突然她們腳邊一個自稱「爸爸」的男人聲音跳進來插話：「宇宙人沒那麼容易相信魔法啦。」

「說的也是。」被叫「日日」的少女朝地上的黑貓點點頭：「爸爸說的對，要讓新朋友相信魔法真不容易呢！」

黑貓理所當然地點點頭：「當然囉。」

真禾卻是嚇得倒退三步。

「黑貓……黑貓在講話！是魔法啊！」她一邊驚叫一邊指著黑貓：「妳……妳真的是魔女？魔法也真的存在？……天啊，我得趕快報告基地！」

真禾在魔女和黑貓還沒反應過來前，搶先拉開大門。

「等等！那樣回不去的！」黑貓提醒。

他沒騙人。

大門敞開，出現在真禾眼前的不是剛剛的道藍村，而是一片陌生的漆黑森林，與頂上閃亮亮的星空。一隻不知是什麼鳥的影子飛過，發出嗚嗚嗚低沉的怪叫聲。

「怎麼會這樣啦！」

真禾試著要釐清這裡到底發生了什麼事。但是不行，腦子裡千頭萬緒，根本超出理解範圍了！

為什麼日日的名字這麼古怪？為什麼她的爸爸是隻黑貓？為什麼黑貓會講話？為什麼她離開幾秒就跑到十公里外的森林裡！

「因為是魔法嘛！」日日只用一句話就解釋了所有的問句……不，嚴格來說，她根本什麼也沒解釋嘛！

地球上居然有這麼難以用常理思考的事情？這些魔法……為什麼基地從來沒告訴他們呢？

真禾站在敞開的門口，一邊呆呆望著手錶上的GPS，一邊思考。很不幸地，居然又在同時發現新的問題：這裡居然一點訊號也沒有，根本聯絡不上任何人。

難道是掉進黑洞裡了？太詭異了吧？

「嘿，真禾！我親愛的新朋友！」日日在餐廳裡一邊敲鍋子一邊高喊：「小精靈把飯煮好了唷！趕快來吃飯吧！」

真禾愣了一下。

我們哪時變成朋友啦？

「還有為什麼有小精靈……？」真禾遲疑了一下，但還是往餐廳裡走去。

結果還沒走到餐廳前，她就在走廊上得到答案了。

「這……這是什麼！」

只見一紅一藍的煮鍋一邊冒著白色的蒸氣，一邊從廚房門口走出，朝向餐廳的小木桌移動。真禾赫然一低頭，卻看到鍋子底下竟然有好幾個全身銀色的小人合力扛著……

「真的是小精靈！」

「當然是真的，小精靈還有假的嗎？」跟在隊伍最尾巴的黑貓回道，然後用下命令的口氣，回頭朝廚房說道：「快把餐具準備好，要開動啦！別讓我們家的第一個客人久等！」

兩個盤子快速地從地板上「滑」了過去，接著是叉子和湯匙。

在魔女家吃小精靈煮的食物，真的沒問題嗎？

雖然這些燉肉燉菜聞起來都滿美味的，但實際吃起來又如何呢？

「好朋友啊好朋友，你們宇宙人不吃飯嗎？」日日完全不顧禮節，用塞滿了肉的嘴問話：「快點吃嘛，我想看妳吃。」

「……為什麼一直說我們是朋友？我才剛認識妳耶。」真禾一邊用叉子戳弄肉塊，一邊用古怪的眼神看向日日。當然，後者完全不在意。

「放心，剛認識也可以當朋友的。」原本在舔左腿的黑貓倒是注意到了，連忙出聲力挺日日。

「哪裡放心了？要不是你們，我現在早該回基地啦！」真禾苦惱地抱住頭：「唉唷，現在輔導員一定氣得要死，萬一他們告訴我爸媽……」

「沒關係啦，我可以用魔法幫妳啊。我可以讓時間回到過去喔！」日日一派輕鬆地說：「大概是我變強了。最近這個月，我的魔法變得超厲害！對不對，爸爸？」

「對，對。」黑貓敷衍地回答完後，開始舔右腿：「雖然回到過去大概還是不行吧，嗯喵。」

「可是我還是想回基地……」真禾堅持。

「為什麼？」日日瞪大眼睛，停下嘴裡的咀嚼：「……妳不想當我的朋友了嗎？」

真禾原本想點頭的。但意識到這裡距離道藍村遙不可及，沒有魔法根本回不去時，立刻就改成搖頭了。

「……不，不，才沒有這回事呢。我也很高興能認識魔女啊！」

真禾連忙解釋，硬是把「雖然妳跟我期待的落差太大了。」這句話給吞回肚子裡。

「太好了！我就知道！真禾妳跟其他所有人都不一樣！我終於有第一個朋友了！」日日重重地一拍桌，像是想向全世界宣布一樣：「那我們明天一起去神祕屋裡玩！那裡也是基地……我的祕密基地！」

不會吧，不能先回我的基地嗎？真禾想。

但正要開口前，黑貓高亢的聲音卻早一步搶先。

「太好了！女兒有朋友啦！」

日日的貓爸爸似乎期待這一天很久了，他露出尖牙開心地笑，發出欣喜的喵喵怪叫。至於旁邊的銀色小精靈們，也轉起圈跳起舞來——那大概是精靈表達開心的方式。

真禾只有無奈又尷尬地保持微笑。

5 山頂上的祕密基地

真禾做了一個夢。

夢裡有一個紅髮小魔女騎著掃把飛在天上，頭上還頂著一隻有著綠色雙眸的黑貓。魔女和黑貓，在黑色的天空中滑翔，星星和月亮竟都一起跟在他們背後跑！

魔女和黑貓看了哈哈大笑，同時唱起奇怪又陌生的歌來，就像某種咒文一樣，嚇得真禾起了一身雞皮疙瘩。

「這是不可能的！」真禾壯起膽子向天空大喊：「魔法根本不存在！這

一定只是幻覺！」

「為什麼這麼說呢？好朋友真禾，魔法當然存在啊！」魔女指向真禾身後：「不信妳看那個是什麼？」

一種不好的預感湧上真禾心頭，她感覺心跳加速。但又不得不好奇地回過頭去……

「啊呀呀！」

真禾驚叫了一聲，不但一口氣把自己嚇醒過來，也一口氣把原本不知道為何貼在她身邊的黑貓嚇得跳了起來。

「喵啊啊！嚇死貓了！」黑貓向後跳到木頭地板上：「啊，不對，這樣太沒禮貌了……早安，尊貴的日日的朋友。昨晚睡得好嗎？」

「我才不是她的朋友！」

對了，是這麼一回事沒錯……在昨天被日日機關槍式地逼問一堆基地、宇宙、太空站，還有真禾從來沒聽過的事情。結果大概被疲勞轟炸到頭昏了，明明本來只是想躺在客廳長椅上休息一下，思考該怎麼聯絡基地的。一睜開眼睛時，卻已經是早上了。

「『明天』到了，一起去神祕屋玩吧！」伴隨木地板誇張的砰砰聲，日日的臉毫不意外地出現在真禾面前：「妳答應我的喔，好朋友。」

「別叫我『好朋友』了，我寧可妳直接叫我真禾！」

而小魔女真的有把她的話聽進去，在接下來兩小時的路程中，真禾總算沒聽到對方「好朋友」、「好朋友」地叫，而是「真禾」、

「真禾」地叫。

「真禾，妳的太空站有樹嗎？有比這裡的大嗎？」日日指向頭頂的參天巨木，真禾仰起頭看，卻見陽光從葉間灑落。

好高大啊……

真禾想，雖然太空站裡也有樹，但恐怕沒有一棵能長到這樣五層樓高吧！

「真禾，妳的太空站有花嗎？我最喜歡這種小白花了。」日日不知從什麼地方摘下了五朵花，一把塞到真禾手上：「聞起來很香吧？」

「真的耶，這是什麼花啊？」真禾把鼻子湊近。

「不知道，我只知道那種花有毒。」黑貓用漫不經心的語調說道。

「什麼！」真禾驚叫一聲，立刻把花甩到地上。

「那有什麼關係，我們又不會吃它。」

這和吃不吃無關吧？真禾想：在太空站上，有毒植物可是鎖在植物園的玻璃培養皿裡耶。才不會這麼容易就用手摘到了！

其實仔細一想，就算沒有毒的蔬菜水果，也大多是在實驗室培養的，一般人根本碰不到。所以不認識這些植物，也是情有可原嘛，真禾像為自己辯解地這麼想著。

又走了不知道多久後，真禾聽到前方傳來淙淙水聲。

「真禾，真禾！」小魔女日日的聲調提高了八度：「妳有看過小河流嗎？」

當然有。

被這麼一問，真禾突然有點不服氣的感覺——雖然很多東西地球上有，太空站沒有，但小河？當然有啦，在太空站唯一的中央公園裡，就有一條獨一無二的人工河。上面有玻璃蓋保護，她小時候常去那邊觀察河中生物呢！

相較之下，眼前的這條河似乎更寬、更長。裡頭布滿了大大小小灰色的鵝卵石，透著光的水流中除了灰色的魚以外，上面還有某些細小的昆蟲正輕輕激盪出圓形的波紋。

這就是地球的河流嗎？水流得好快啊。

正當真禾考慮渡河的危險性時，日日在短短幾秒內，又做出了讓她反應不及的事。

「真禾！真禾！」日日不假思索地把鞋子一脫，光腳衝進河裡，濺起白花花的水花：「妳玩過水嗎？」

「當然玩過，但這裡不能玩，這裡可是河流耶！」真禾連忙阻止：「裡面有細菌……還有……」

嘩啦一聲，真禾感覺小腿一陣濕涼。

「啊呀！我的褲子啊！」她連忙動手拍打被日日潑水沾濕的褲管，可怎麼弄也弄不乾。而且就在這時，日日還火上加油地繼續潑水，把真禾的頭髮也弄濕了。

「呀！不要亂弄啦！住手！住手！」真禾狼狽地護住自己的臉。

「哈哈哈，真禾妳看起來好好笑喔！」日日卻毫不留情地大笑。

「日日，不可以隨便取笑人！」身為爸爸的黑貓出言制止。

但這樣正經八百的說教只維持了三秒鐘。

當全身濕答答的真禾，放棄考慮河水的衛生與否後，她一鼓作氣地捧起水從日日頭上淋下去。

「好冰！好冰！」日日驚叫。

「哈哈哈，日日也好好笑喔！」黑貓笑到在地上打滾。

「爸爸自己還不是嘲笑別人！」沒讓黑貓置身事外——在日日和真禾的混戰中，貓爸爸也被猛澆了一捧冷水。

「住……住手！我只是隻貓而已啊喵！」

小河流變成了遊樂園，兩個女孩外加一隻貓，赤著腳，毫無顧忌地朝對方身上潑水玩鬧。真禾很快就忘了原本的擔憂，她抓著兩隻鞋，跟著日日踩過溪水，在柔軟的樹葉堆上奔跑追逐，不守規矩地大聲笑鬧，好像從來也沒這麼自由過。

或許是地球的河水有什麼奇妙的魔力吧。在這麼一陣亂鬧後，真禾非但不累，反而更有精神了。她們跑跑跳跳地穿過林地、繞過錯節的藤蔓，一路向上爬坡，就像在綠色的迷宮裡漫遊一樣而在迷宮盡頭，迎接她們的竟是……

一處平坦的廣大草原。真禾走出樹蔭，來到小山頭上翠綠的青草地。

午後的金色陽光將草地照得異樣鮮豔。風輕輕吹動真禾的衣服，植物清香帶著土的氣味飄散開來。半個山頭的長草在風吹拂下，順著同樣的角度微微搖晃，在藍色天空下，一切看起來是這麼的美麗。

又是這麼的熟悉。

「奇怪？明明以前從來沒來過，但為什麼卻並不令人陌生呢？」真禾輕聲喃道：「好像在夢裡看過一樣……」

「哦，作夢嗎？」走在草叢間的貓爸爸抬起了頭：「有時夢比回憶更清晰呢。」

「欸？不可能吧？」真禾直覺地懷疑道。

「當然有可能了！」貓爸爸此時已經幾乎要隱形在草地裡了：「人啊，都是很健忘的，但是夢卻不會唷，喵。就算過幾十年，幾百年，**夢**還是會存在，提醒人們被遺忘的事。」

「像是什麼呢？」真禾突然覺得黑貓的話意有所指。

貓爸爸瞇起眼睛。但還來不及回答真禾的問題，就先被日日的叫聲給打斷了。

「喂！你們待在那邊幹什麼？神祕屋在這邊啦！」

日日站在山頂一棟老舊的圓頂建築旁，拚命朝他們揮手。

說真的，真禾不太能理解為什麼貓爸爸和日日會稱眼前這棟建築物為「神祕屋」。從外觀看來，這只是一棟落漆的灰白色建築而已，連正門都沒了，站在門外就可以看到裡頭向下延伸到不知往哪的台階。

在門頂應該是標誌的那個位置，好像殘留著一排英文。

「Station 44……第四十四號站。」真禾看著手機上的翻譯思考道：「是什麼東西的四十四號站呢？」

「唉唷，就是不知道才神祕啊。」日日丟下這句，便一腳跨入門內，大剌剌地走了進去。

「不是這樣吧……」真禾想試著從基地資料庫中查詢……但這裡根本連不上網路。

就在她還在猶豫時，黑貓已經隨著日日的腳步走下台階了。

「咦，不走嗎？妳想在外面等喔？」

雖然說出這句話，但黑貓完全沒有等人的意思。轉眼間，他和魔女的身影便沒入一團黑暗中。

真禾一個人站在門口，一時拿不定主意，緊張兮兮地四處張望。但就在這時，她注意到不遠處山頭外的天空下，好像有些奇怪的異狀。

她原本以為是烏雲，但仔細想想，似乎不對。教科書上的地球烏雲好像沒有那麼暗，也不會冒出那種像雷電或火光一樣的色彩——至少不會突然在藍色的天空中出現，導致區域性天黑吧？

嗶。嗶。嗶嗶。嗶嗶。

真禾以為自己聽錯了。但掏出M物質偵測器一看，它確實正微弱地響著，而且危險區的指針還直直地對著烏雲的方向。

難道那是……不會吧！

「日日，貓爸爸！」她連忙慌慌張張地衝下樓去：「危險！快離開這裡，黑化區快擴張到這附近啦！」

或許是跑得太急了，又或者是四十四號站本來就太暗，真禾最後幾階幾乎踩空，差點沒一路跌下去。

「哈！真禾，我就知道妳會趕來加入我們！」日日開心地拍手說道。

「才不是這樣好不好……等等，這裡是……？」

這裡是什麼地方啊？

藉著牆壁上殘留的發光漆，地下空間在微光中曖曖發亮。這也就是為什麼，真禾能從自己站立的位置看到前方是一條兩邊都是門的狹長走廊。

以及地上跑來跑去的小精靈們。

「嘿，別踩到他們囉！」已經和陰影融為一體的黑貓從角落叫道：「他們可是這裡的維修工，要是受傷了可不得了。」

「好吧，那我走慢一點……」真禾小心翼翼地跨過眼前歪著頭，正對著她看的小精靈們。

「不行，不能慢！真禾，快跑過來！」日日在走廊的盡頭招手：「前面更好玩，還有點心唷！」

「什麼點心，先別管那些了，M物質可是在外面耶！距離我們超級近喔！」眼見日日完全聽不懂她的意思，真禾只有躡手躡腳地朝日日走去。

她通過了一道巨大金屬門。

嗶。嗶。嗶嗶。嗶嗶嗶嗶。

嗶嗶嗶嗶嗶嗶嗶嗶嗶嗶。

黑化區？不，不可能……但這麼急促的警報，又是什麼情況？

在那道大門之後，竟是一個大廳！而且，在最前方的深處，似乎還有個巨大控制台。

但那都不是讓人在意的。真正讓人在意的是控制台後的那道黑「牆」——現在這讓人異常焦躁的警告聲，還有意味著大事不妙的紅色指針，全都指向那面牆！

真禾小心地走近那面牆，竟意外地發現牆上反映出她的臉。她將手輕輕貼了上去，一種結實的冰冷感從指尖傳了進來。

所以說，這並不是牆……而是強化玻璃？

那麼，這面玻璃後黑色的東西該不會就是……

嗡。

數十個閃光突然從玻璃的另一端聚集過來！在足夠讓真禾嚇得倒退一步的距離，她發現，那些小閃光居然是小精靈的眼睛！

這麼一嚇，倒是把她從呆若木雞的狀態嚇醒了。

「這是怎麼回事？在我們面前的……難道全都是M物質？」真禾看著偵測器，難以置信地發出連珠砲的問題：「這些小精靈在這裡究竟是在維修什麼？還有這個四十四號站……該不會就是以前的發電站吧？那我們在這裡，未免也太危險了！」

「冷靜點，真禾，仔細聽我說……」

黑貓看向她，換上了比較嚴肅的表情。

難道……貓爸爸即將告訴她，這些謎團背後的祕密……？

「可以請妳把偵測器關掉嗎？還滿吵的。」

「重要的不是M物質偵測器，而是M物質本身吧！」真禾緊張到腿都發麻了。

她完全無法想像這麼密集的M物質要是外洩，會發生什麼糟糕的事。她甚至不確定道藍基地到底知不知道這件事，為什麼總長從沒告訴過他們？

「沒關係，沒關係。」日日不知何時鑽進了某個房間，現在正拖著一堆鐵罐匡噹匡噹地跑進控制室：「真禾，這裡還有比重要更重要的東西喔！看，點心！」

日日將其中一個鐵罐丟給真禾——上面確實畫著蛋糕的圖片。不過，保存期限是在……二十年前！

「日……日日！這根本不能吃啊！」真禾驚叫。

「為什麼不能？」日日露出疑惑的表情：「昨天我們不是吃過了嗎？」

大概是因為室內陰暗，日日完全沒注意到真禾現在的臉色有多慘白。

「放心吧，在魔法的幫助下，過期一百年的食物吃起來還是能像新鮮的一樣。」黑貓倒是發現了，很好心地解釋。

哪裡讓人放心了？

「不，不，不。」真禾連頭帶手地猛搖：「這實在太誇張了！這些……全都不合理！太亂七八糟了……你們聽我說，我們現在至少該逃離『那個』M物質！」

魔女和黑貓再度露出一臉疑惑，然後異口同聲地大笑起來。

但也就在這時，一個機械運轉的巨大聲響，突然從天而降地蓋過了所有的聲音，包括日日正在說的話。

是「待在這裡」還是「趕快出去」？少了翻譯機的幫助，光靠口形完全看不出來。

「算了！」

真禾寧願相信後者。她朝向通往出口的通道，快步向前。

這又是怎麼回事？

出現在大草原上的，是一台巨大的灰色飛行器。它的機腹噴出藍光，停滯在一個人高的半空中，四個風扇發出隆隆噪音，捲起陣陣風沙。

「又是它！」真禾隱約聽到背後的日日斷斷續續的叫聲：「機器笨鳥……討厭！鞋鞋……塞長襪！」

……老實說真禾已經完全不懂小魔女在講什麼了。

但有件事卻是確定的：那就是那台飛行器正在快速落地。當引擎完全熄火時，真禾這才注意到機身上有道藍基地的標誌。

這下可好了。

飛行器後方的艙門打開，一個穿著白色防護服的身影，從裡頭步出，筆直地朝真禾走了過去。

「高真禾，妳在這裡做什麼？」在太陽的逆光中，那人摘下頭盔，站在真禾面前，冷冷地瞪向她。

「啊……我……這個……很難解釋。」真禾心虛地看向後方——不幸地，黑貓和魔女居然都不在那。

在這種緊要關頭，他們居然丟下我跑了！真禾腦中一片空白。

糟糕中的糟糕，那個飛行員正是李中尉。

6 魔女製造了大怪獸

「如果再犯錯，就把你關到聯邦監獄去！」

這種威脅在福爾摩沙七號太空站出生的小孩幾乎都聽過——別說是不乖的小孩，就連真禾這樣守規矩的孩子，也常被這句話嚇到。在她心目中，「監獄」大概就是比學校更恐怖一點的地方，只是你永遠等不到下課。

而現在坐在道藍基地的辦公室裡，就很有那種感覺。

「無故脫隊、無視指令、擅入禁區……」李用那張堪與機器人媲美的面無表情數落道：「實習沒多久就惹出這麼多麻煩，高真禾，妳可真是破紀錄。」

「昨天我……我只是迷路了，才暫住在村民的家裡。」

「那個村民剛好住在十公里遠的山上？而且還帶你觀光四十四號站？」

「沒錯……不，不，不對！」

明明是真的，卻又好像不能說實話？真禾覺得自己快神經錯亂了。

「很好，那說說妳是怎麼到那裡的。」李的雙眼像老鷹盯獵物一樣銳利：「要是敢騙我，我絕對會讓妳後悔。」

或許是作賊心虛的緣故，被這麼一威脅，真禾頓時忘光原本想編的假話，居然一口氣把事情的真相講出來了。

而且更糟糕的是，在聽完這麼一大串黑貓、魔女與魔法的奇幻故事後，李的表情居然連變也沒變。這讓真禾完全猜不出對方心裡到底在想什麼——是完全相信了？還是嗤之以鼻？

「妳的意思是，在一間魔法小屋裡，有一個魔女和一隻會說話的貓？」他一字一字清晰地問。

「嗯，嗯。」真禾緊張地直點頭。

「妳當我是笨蛋嗎，高真禾同學？」

完了！是嗤之以鼻！看來今天就是我實習的最後一天了……真禾苦惱地開始幻想爸媽生氣的表情。

叩叩。一陣敲門聲。

近牆的門打開，竟是凱莉走了進來——真禾連忙拋以一個求救的眼神。

「嗨，李，總長請你出來一下。」奇蹟發生！凱莉竟居然給了個眨眼回應：「他說接下來的交給他就好了。」

「嘖。」李不甘願地離開了座位，大門打開。

馬克總長竟然真的走進來了！

也許遣返實習生需要總長簽章……真禾悲觀地猜想。

馬克總長看了她一眼以後逕自坐下，他的臉上依然掛著第一次見面時那種憂鬱表情。在日光燈下，他的鬍子與皮膚看起來很蒼白，好像少了什麼該有的顏色。

馬克總長低頭閱讀著拿在手邊的某些文件，然後直直地看向真禾。

「高真禾？」他挑起眉：「妳剛到地球是吧？」

「……是。」真禾點點頭。

「妳說妳碰到魔女和黑貓？」總長繼續追問：「可以和我描述一下細節嗎？尤其是他們帶妳進四十四號站後發生的事。」

太好了！總長相信她！

真禾突然覺得自己又有了希望，連忙把前一天發生的事再從頭到尾說一次。總長顯然聽得很專心，不時打斷真禾的話，追問詳情。

「魔法和M物質嗎？」他撐著下巴思索道：「真有趣，妳可能是第一個進入四十四號發電站控制室的。妳確定控制室的大門是開的？」

原來那裡真的是發電站啊！真禾心想。下次如果又碰到日日和貓爸爸，一定要告訴他們。

「嗯，我還看到控制台呢。」她回應。

「那麼妳有看到裡面有與那些小精靈長得不一樣的機器人嗎？」總長繼續問道：「一個會變形的液態金屬機器人，四十四號站的管理員？」

「沒有耶。」她搖搖頭。

總長卻似乎懂了什麼似的微微點頭。

「好，我瞭解了。」他用低沉的聲音說道：「那麼真禾，妳有辦法聯絡上那位小魔女和黑貓嗎？」

「應……應該吧？」

「請妳立刻與他們聯絡。」總長嚴肅地說道：「妳也看到了，黑化區距離他們住的地方越來越近。妳一定要讓他們知道危險性。」

離開辦公室時的感覺很不真實。與其說是被「大人們」的表情嚇一跳，倒不如說正是因為沒受到嚴厲的懲罰，反而更奇怪。

「嘿，真禾！昨天妳怎麼沒回來？」等在她寢室外的芳蘭，一逮到機會就問：「該不會是迷路了吧？」

真禾有些尷尬地回應：「沒什麼啦，我只是被叫去做一些特別的任務而已。」

「哇！為什麼妳有祕密任務！」

哪有什麼祕密任務……這是「大人們」叫她這麼說的。

「千萬別把什麼魔法、四十四號站，或黑化區的事情告訴其他人喔。」她想起臨走前，凱莉還特別強調：「把這些當作我們之間的祕密，可以嗎？」

真禾點頭。其實，光看到旁邊的李那雙快要殺人的眼神，她就知道自己什麼也不能說了。

但不知為何，和總長會面的事還是傳了出去。這讓之後真禾執行任務時，有種怪怪的感覺。好像大家無時無刻不背著她，偷偷說些不想讓她聽到的事。

就連芳蘭也是。

「唉，好煩喔……」在道藍村的街道上，真禾孤孤單單地走著：「也不過就兩天而已，怎麼大家態度就差這麼多……」

話說回來，如果不是莫名其妙碰到了小魔女，或許她的實習就能平平淡淡地結束呢？

現在想想，雖然說答應總長要聯絡日日的，但如果真的這麼做了，恐怕情況會更糟吧？

沒錯，果然還是不應該去找……

「哈囉！真禾，妳在這裡啊？」就在這時，偏偏那個熟悉的聲音出現了：「找我妳好久喔！」

「是『我找妳好久』才對吧？」真禾脫口而出地糾正道——不過奇怪，怎麼聲音聽起來是在背後，卻又看不到人？

「哦，所以真禾也找日日很久嗎？太感動了。」黑貓的聲音從她腳邊出現——詭異的是，依然看不到他們。

「才沒有，我剛剛是在糾正！」真禾不高興地對看不到的兩人抱怨：「都是你們害的啦，現在沒人想跟我在一起，朋友都不理我了！」

「太好了！」日日的反應完全超乎真禾意料：「那真禾妳不就跟我一樣了嗎？村民也都很討厭我唷！」

隨著這句莫名其妙的話，日日突然「砰！」地一聲出現在真禾面前。

真禾照例又被嚇得倒退兩步，差點沒跌坐在地。

「你……你們剛剛隱形？」真禾看著雙手插腰，露出一臉得意的小魔女，和只剩一顆頭，身體仍在隱形的黑貓。

「沒錯，因為爸爸說，他不想被你們基地的人看到。」日日停頓了一下：「而且我們等下要偷玩空氣蠟筆。這樣才不會被其他人看到啊！」

空中的貓頭歪歪地說道：「沒錯，真禾要一起玩嗎？」

「開什麼玩笑，現在可不是遊戲時間！」真禾插著手正色說道：「我在執行任務耶！萬一被人家看到我在偷懶怎麼辦？」

黑貓頭和小魔女互看一眼，突然咧嘴笑了起來。

依舊是道藍村悠閒的平日。

藍色的天空，白色的雲朵。微微的清風從森林向平原吹送……

但就在這時候，從紅色屋瓦上，突然沒來由地出現了一隻綠線條畫出的恐龍！

「嘎！我聞到貓肉的味道了，我要吃掉爸爸你！」日日的聲音大叫。

「喵啊！這怎麼行？我只是隻貓而已啊！」屋頂上的黑貓驚嚇地喵叫一聲，便隱身消失了。

「等等！日日妳的恐龍把我畫一半的火箭吃掉啦！」

沒錯，這就是日日想出的好辦法——只要大家全部隱形，真禾不就可以偷偷玩了嗎？

兩個女孩用綠色、藍色、紅色、黃色蠟筆興致勃勃地在空中畫出各種奇奇怪怪的東西：有長得像牛又像羊的怪獸、像是綜合口味甜甜圈的星團，長著大嘴的怪魚，外加爆炸成一團的流星……

呼！

大風一吹，這些圖案線條抖動起來，竟像是活過來一樣。尤其是日日的七彩大恐龍，居然邁開大步向前走了起來。

「天啊！」真禾忍不住興奮地尖叫：「這簡直跟電影一樣，好像怪物襲擊城市喔。」

「是吧，很好玩吧！」日日一被稱讚，立刻興奮地解除隱身：「真禾，妳也一起畫怪獸嘛。」

「好啊！」

不過，真禾仔細一聽，發出聲音回應的……好像不只她一人。在對面的街道上，好像有什麼不得了的騷動？

「怪獸入侵啦！」

「魔……魔女……我看到魔女了！」

「又是那個小女孩！」

不妙不妙，大概是人們太過害怕，居然連假的怪物都當真了。

這下子不只是看起來像災難片，實際上也變成災難了！只見道藍村民們老老小小，個個驚慌失措地向前尖叫逃竄；甚至連基地來的實習生也不例外，在一陣混亂之中，真禾就很不幸地認出好幾張臉孔。

「啊……慘了慘了，惹出大麻煩啦。」真禾緊張到直抓頭髮：「日日，拜託妳趕快解除所有的魔法吧。」

「全部嗎？」魔女和黑貓異口同聲地問：「妳確定？」

「沒錯！」

砰！地一聲，所有用彩色蠟筆畫的怪物瞬間消失得無影無蹤。

原本在逃難的村民和實習生們，總算停下腳步。不少人大膽地回過頭來，指指點點，開始對這唐突的危機解除議論紛紛。

「好在，好在……」

但就在真禾感到慶幸的同時，她同時也注意到一道銳利的眼神正在看向解除隱形的她。

「高真禾！居然又是妳？」

很不巧的，那個突然在屋頂下出現，全身戰鬥武裝的傢伙又是李中尉。

而且日日和貓爸爸又不見了。

〈悔過書〉

爸爸媽媽，真的很對不起。

我明明答應好你們要認真在道藍基地實習的，但是現在卻沒聽輔導員的指令，一直犯錯。明明該回基地，卻逗留在村民家裡；明明該認真執行任務，卻偷偷跑出去玩，還引起村裡的大騷動。

我以後不敢不守規矩了。雖然說有些事情其實也不完全是我的錯，而是魔法造成的。但是因為是我與在地球認識的魔女和黑貓一起做的，我想我也有責任，至少下次應該要阻止他們，而不是跟他們一起胡鬧。

請不要擔心我，我會乖乖完成實習的！

道藍基地實習生　高真禾　二〇六〇年七月十三日

7 修改世界的法則

「這是在搞什麼！高真禾同學，妳到底懂不懂什麼叫『悔過書』啊？」

在辦公室裡，李嚴厲地將真禾剛寫好的悔過書丟回桌上。

「……不是要寫給『最重要的人』，懺悔『最不該做的事』嗎？」真禾小聲地囁嚅，那聲音聽起來好像才剛出口，就被吃了回去。

「妳既然知道，那還寫什麼魔法、魔女和黑貓那堆怪力亂神的事？」李指著紙上的第三段。

「但是你要我寫事實……這就是事實啊。」真禾很無奈地說。

李像是野狼似凶惡地瞪了她一眼——不，或許比較像不屑地翻起白眼。

「無所謂了。這張，我就先收著。」李收起那張紙，接著又放了一張白紙上去：「妳去給我重寫一張悔過書。記得，不准在裡面談任何魔法。」

他丟下這句，便快步走了出去。大門重重關上。

現在的情況，還真是雪上加霜咧。

所謂壞事傳千里大概就是如此，現在恐怕全基地的實習生都知道真禾被李中尉懲罰的這件事了。所幸因為凱莉和總長對日日的事保密到家，所以還沒人知道村裡那場怪物攻擊和真禾也有關。

也因為這樣，真禾被調離凱莉的隊伍，改分派到風力發電區那頭巡邏。

糟糕的是，這不但意味著她以後每天得爬山健身，還意味著李變成她的直屬輔導員！

「把這個收下吧。」凱莉在真禾離隊前，特別慎重地將另一個全新的M物質偵測器交給她替換：「記得每天帶著，我有預感妳很快就會需要它。」

真禾把偵測器收下的瞬間，突然覺得自己最近實在太倒楣了。面對凱莉的善意，讓人突然感覺有點鼻酸。

唉，說到底，最不服氣的還是……

每次在關鍵時刻日日和貓爸爸就丟下她逃跑！

「真是太過分了！」真禾忿忿不平地想，下次碰到他們兩個，一定非把事情問清楚不可。

但是不知道為什麼，之後儘管真禾刻意去紅色小磚屋好幾趟，打開門面對的卻都只是空蕩蕩的牆面。什麼黑洞似的通道、森林中的魔女家，好像全都不存在似的。

唉，看來……也只能用魔法來解釋了。

此時，在道藍基地的指揮室有另一個至關重要的決議正在進行。

「總長，將軍。」李回報他的探查結果：「在實際飛行偵察後，可以確定黑化區確實有朝四十四號站擴張的現象。」

馬克總長一聽，那張原本就緊繃著的眉頭顯然更皺了；至於貝爾將軍，也難得地收起笑臉，一臉嚴肅地翻閱簡報。

「要是黑化區擴張到發電站，會一口氣把發電站內的M物質給釋放出來。」貝爾將軍看著地形圖低聲說道：「按現在的情況，我們的運輸機完全不夠支援村民和基地成員。」

「那麼要提前疏散嗎？」有人問。

「不。從數據看來，擴張已經減緩了。只要不要有額外的刺激，我們的人員並沒有安全疑慮。」馬克總長立刻否定：「況且『伊登的蘋果』就要開發完成，在這個緊要關頭上，研究絕對不能中斷。」

「但是總長，要啟動『伊登的蘋果』，如果沒有四十四號站的操控金鑰，我們連控制室都進不去……」一位穿著研究服的科學家質疑。

「報告總長。很抱歉，直到現在我們還是無法鎖定管理員機器人的下落……」另一個臂章是劍盾的成員說道。

馬克總長搖手，示意要大家安靜。

「不，事實上，我們已經鎖定管理員機器人了。」總長停頓了一下，蒼老的雙眼中發出不屬於那個年紀的熱切光芒：「我們基地中某位實習生的經歷，讓我們幸運地掌握了它的下落。」

聽到這一句，李中尉和凱莉研究員同時錯愕了一下。

「這麼說，難道真禾……」凱莉忍不住脫口而出。

「是的，這樣就能解釋最近那些層出不窮的『異象』了。」馬克總長深深地看向在座所有的研究員與軍人們。

他站起身。

「能否從M物質的手中一舉奪回地球，接下來將是最重要的關鍵。」

被調到風力發電區實習後，真禾每天早上都和大家走著相反的方向。

和往道藍村的路不同，上山的路又遠又難走，而且沒有磁浮快車可搭，只有軍隊的小型運輸車。和她走同樣道路的沒有半個人，只有道藍基地的白金機器人。

在顛簸的路上，真禾搖搖晃晃地呆看著眼前一排面無表情的白金機器人。盯著他們那雙藍色的發光雙眼，她覺得自己都快被催眠了。

唯一的好處是，風力發電區的風景還算不錯，至少在藍天白雲下能享受地矖矖暖陽，就和在四十四號站時一樣。

不同的是，在四十四號站旁是青蔥的草地，而發電區旁的卻是灰白色的芒草叢。當涼風吹拂時，芒草便高高低低輕輕搖起頭來，看起來既壯闊，又美麗。

就連山腳下的山林也令人看得著迷：蔥綠的山林延綿無限，朝更遠處看，不管樓房還是基地，都像點綴其中的模型一樣精緻可愛。

在太空站，我可從來沒見過這樣的景色呢。這樣的風景，好像只存在於影片裡了……真禾思索。

以前人類看到的，就是這樣的世界嗎？

所以爺爺才會這樣思念地球嗎？

如果黑化區擴大，不久以後這樣的景色就不存在了吧。

真禾藉著一台風車的陰影乘涼。在遙遠的山外那頭，有什麼吸引了她的注意。那是一片淡淡的藍色光芒，寬廣得超出她張開的雙臂，超出她的視野，也超出她所知道的一切。

那個……就是「海洋」嗎？

「是海耶！是海耶！」就在這個時候，一個刺耳又熟悉的聲音，從聽來遙遠的地方傳來，打斷了她的沉思：「爸爸，你有看到高山、大海，還有真禾嗎？」

「有啊。大海要晴天才能看到，不過真禾就不一定了呢！」貓爸爸的聲音從同樣遙遠的地方傳來，而且不忘補上一句：「對不對啊，真禾？」

不會吧！

真禾隨著聲音的方向抬起頭來：「為什麼又是你們！你們是怎麼找到我的啦？」

果然沒看錯。

在逆著強光，暫停運轉的風車頂上，站著一個小小的人影，外加一隻小小的貓影，正在拚命朝她打招呼。

「當然是魔法啊！好朋友真禾！」

真禾一聽，突然覺得有點不高興。

「妳還敢叫我『好朋友』！」真禾捲起手做出傳聲筒，用責怪的語氣向上大喊：「每次你們惹禍都丟下我跑掉，太過分了！」

他們之間安靜了幾秒。

「爸爸，真禾好像不高興耶！」日日大喊。

「日日，這句應該用悄悄話說，不然真禾聽到，我們就得解釋為什麼不能讓基地的人發現我了！」黑貓用同樣大聲的音量大喊。

「我聽到了喔！」真禾立刻回應：「日日，貓爸爸，你們今天一定要給我解釋！」

風車頂上似乎有微微的騷動。

「好吧，那妳要等我們下去喔。」

就在這句話還沒完全落入真禾耳中時，真禾已經看到一人一貓兩個黑影「咻！」地從高處向下跳。

看到日日跳下來的瞬間，坦白講，真禾感覺心臟好像麻痺了一秒。

不過，也只需要那麼一秒。當日日居然像蒲公英一樣隨風飄起來時，真禾立刻又想起來了——「因為是魔法嘛」！

「真禾，真禾！妳不要不高興啦。」日日和黑貓從空中翻滾一圈跳了下來，跑向真禾：「是爸爸太怕你們基地裡的人了，上次才會跑走。所以原諒爸爸吧。」

老實說，我真正想怪的人其實是妳。真禾在心中想道，但可沒真的說出來。

「怕基地裡的人？」真禾追問：「為什麼？道藍基地裡都是好人啊。」

啊，更正。「大部分」都是好人——那個看起來像流氓的李中尉除外。

「不，不。」黑貓搖搖尾巴：「真禾妳不知道。你們基地裡的馬克總長，他其實一直想偷偷進入四十四號站。要不是有我全力阻擋，裡面的M物質不知道會被他拿去做什麼事呢。」

「咦？」

真禾不知道自己該驚訝貓爸爸知道馬克總長，還是應該驚訝於總長想偷走M物質這件事。

所以她決定繼續追問。

「不對啦，貓爸爸。總長他一直在研發『伊登的蘋果』，目的就是要趕走所有的M物質，讓地球恢復原貌啊。」真禾彎下腰看向黑貓：「基地裡的人都知道M物質有多危險，所以才要消滅它……」

黑貓收起上揚的嘴角，用那雙綠眼睛望向真禾。不知道為什麼，真禾竟因為那雙銳利的眼神感到背後一震。

好像黑貓真的是個年長的大人似的。

「真禾，妳還太年輕，所以不懂吧。不管是消滅或者利用，那些人想的都是怎麼修改世界的規則。」黑貓用低不可聞的聲音說道：「他們想把世界改成自己喜歡的樣子，卻不怎麼欣賞世界的原貌。就是這種自私，把地球破壞成這樣。」

「可……可是，這樣下去地球會毀滅的啊！我們是來幫助地球的。」真禾回道，但卻覺得聽起來怎麼也像是在狡辯。

「不對不對。作為一個星球，**地球**是不會被消滅的，頂多只是變成不同的地球而已，總有一天，上面的居民們不論是人類、機械、動物或植物，都會重新適應新的平衡。」黑貓停頓了一下，眼中閃過銳利異常的亮光：「真正會為此感到害怕的，就只有那些已經拋棄這顆星球的**人類**而已。」

黑貓說得一點也沒錯，真禾找不到話反駁。但另一方面，她也感覺到有些畏懼。

這和她認識的貓爸爸不一樣……不，或者這才是他的「真面目」？

那麼，貓爸爸討厭基地裡的人……他也討厭「我」嗎？真禾不覺有些擔心。

「但是我不討厭真禾喔！」好像有讀心術一樣，貓爸爸突然又恢復了歡樂的語氣：「真禾跟基地的人不一樣。真禾比基地的人好多了！」

「沒錯，真禾跟村民也不一樣！只有真禾會陪我玩。」日日也開心地湊了過來：「好啦好啦，不要講那些我聽不懂的東西了。我們趕快開始吧！」

雖然聽到貓爸爸和日日的話，讓真禾頓時有點感動。但是她還沒忘記不久前發生了什麼事。

「開始什麼？」真禾有不好的預感：「先說好喔，我已經被基地警告了。要是再違反規定，他們可是會把我送回家的！」

「什麼？那可就不好了呢。」黑貓很認真地豎起耳朵。

「我也不要真禾回家。」日日不滿地嘟起嘴：「這樣的話，那今天先不要玩『超級龍捲風』或『跳跳牛』好了。」

雖然不知道小魔女在說什麼，但光從名稱聽起來就不是什麼好事。

真禾連忙擺擺手：「沒錯沒錯。反正今天我的任務也結束了，我們就一起走下山吧。」

日日眼中的靈光一閃。

「一起下山?真是個好主意!」她拍了拍手:「但是我可不想用走的。」

日日還沒等真禾反應過來,就猛然衝上前去,一手抱起貓爸爸,一手拉住真禾的手,颼地朝山坡的邊緣衝。

「等……等一下!啊呀呀呀呀!」

在芒草堆中衝著衝著,真禾只看到腳下突然一空,底下竟是又深又遠的森林。

唉,不會吧?

她只感覺身體一輕,之後便不斷地下墜。

雖然人家都說面臨生死一瞬間時,人會看到一生像跑馬燈一樣閃過眼前。但老實說，真禾的眼前現在除了日日興奮的笑臉外什麼都看不到。

「喂，真禾，妳應該把手張開啦。」日日在她耳邊高聲大叫，跟著真的鬆開了一隻手：「妳看，就算是老鷹，也要張開翅膀才能飛。妳抓得那麼緊，根本就飛不動。」

「那是因為我不是老鷹！我本來就不能飛啊！」真禾尖叫。

「是嗎？那妳現在又在做什麼呢？」貓爸爸的聲音輕鬆地問道。

真禾這才注意到……

芒草叢不知什麼時候已經落到他們三人的斜後方。在那白花花的波浪之上，雲影在上方淡淡地浮動。

他們沒有下墜，而是彷彿大鳥一般滑翔。大風將她和日日的衣服灌滿風，吹得啪啦啪啦地響，也讓一部分的風車轉動起來。巨大的風扇發出低沉嗡鳴，就像巨人的共鳴一般。

這不是作夢吧？我居然飛起來了！

好棒，飛行比在宇宙中漂浮好玩多了！這種感覺就和想像中的一模一樣！

真禾詫異地笑了，陽光將她飛散的黑髮和雙眼照得發亮。

「日日，這也是魔法嗎？」發現飛起來後，真禾立刻由害怕轉為興奮。

「當然了，我是魔女啊！」日日得意地回答。

「說的也是！」

真禾稍微放大了膽子，將右手輕輕放開，只剩左手與日日牽著。但這時一陣亂流襲來，擾亂了他們原本平穩的飛行。真禾一緊張，連忙再度將雙手抓緊日日。

「別緊張，別緊張。」日日高聲笑道：「接下來的更好玩呢！」

「什麼？」

日日用動作回應了真禾的疑問。她將握住真禾的手向上一帶，突然他們就像火箭一樣直直衝上天空！

「咦！日日，爸爸我怕高啊！」真禾還沒尖叫以前，貓爸爸倒先不行了。

「啊，對喔。忘記爸爸有懼高症了。」

日日一個大轉向，下一秒，真禾只看到雲突然跑到自己腳底，便頭下腳上地朝翠綠的大地橫衝直撞。

「也不要突然下墜啊！」這次是貓爸爸和真禾一起抗議了。

一股從肚臍爬上來癢癢的噁心感向真禾的頭頂衝去，好在好在，這次只持續了幾秒鐘……

他們再度回到了半空中。

「怎樣，還要再來一次『嚇嚇叫』嗎？」日日嘻嘻一笑。

「不……絕對不要！」

突然，腳底下一股嘈雜的人聲，將他們的注意力吸引下去。

真禾循聲低下頭去，才發現他們不知不覺，居然來到道藍村上方了！底下好多小小的人影，正朝著他們指指點點。

糟糕，沒被其他基地的人看到吧？這時候該怎麼辦？要再飛高點躲避大家嗎？

不對不對，早就來不及了吧！還是趕快降落才行。

「日日，我們被別人看到了。」真禾連忙催促道：「快，趁基地的人還沒來，先讓我下來。」

「哦，就在這裡嗎？」日日睜大雙眼問道。

「好啊……不，不行！」

但顯然真禾後半句話出來得太晚了，他們就這麼用飛快的下墜速度，直直落在道藍村廣場的正中央。

降落在村中央或許是個錯誤。而接下來發生的事，更是真禾怎麼也意料不到的。

「降落成功。」她才剛聽到日日爽朗的聲音說完：「安全送好朋友真禾回來囉！」

就在下一秒，一群不知道剛才躲在哪的基地人員，居然同時向前包圍住他們。

「糟糕，是基地的人！」站在日日肩上的黑貓豎起尾巴：「日日，我們快走！」

可惜這似乎也在對方的意料之內。只一個口令，下一瞬間，基地的白金機器人從人群中跳了出來，手上抱著某種發電武器，一步一步逼向他們。

近距離看到這種警匪片中才有的場景，真禾簡直嚇傻了。她不明白，這是怎麼回事。基地的人怎麼能這麼快掌握到他們的行蹤？為什麼大家會像開戰似的全副武裝？

「等等，聽我解釋！」她沒有思考地走向前，張開手護住小魔女和黑貓：「拜託，停下來！日日和貓爸爸都是好人啊……」

但很不幸地，在這樣的場景中沒有人聽到她微弱的聲音。

在接下來魔法與科學亂戰的一團混亂中，她只記得自己一邊大叫，一邊被用力拉離黑貓與小魔女。

在她拳打腳踢地企圖掙脫機器人的束縛時，廣場中央轟然一聲，炸出了滿天華麗的七彩泡泡。
而後，就像泡泡一個接一個破裂一樣，一切又復歸平靜。

8 人類的規則

「太過分了，你們怎麼可以這樣？日日和貓爸爸又不是壞人！」真禾在這僅有一人的灰色觀察室中大聲抗議。因為太過生氣，她不但踢了靠牆的鵝黃色小床，還砸了木桌上唯一的那盞小燈。

「放我出去！」也不管有沒有人聽得到了，她高聲大喊：「讓我跟總長說……」

像是回應她的要求似的。緊閉的電磁門突然「嗶！」的一聲打開了。但出現的並不是總長，而是板著一張臉的李。

真禾倒抽了一口氣，剛剛的氣勢大減，很自然地後退一大步。

「把自己的東西帶著，跟我來。」李一如以往用詞簡短：「我們得去找總長談談。」

心願達成得太過突然，讓真禾反而不知該怎麼生氣了。她隨手抓著自己的背包，便急急忙忙地跟上李片刻不停的步伐。

這裡是基地的下層區域，平常實習生根本到不了。當真禾走過那條長長的廊道時，她注意到四周都是基地的軍人與研究者。但若扣除這些人，眼前的景象倒是頗與四十四號站相似。

或許是太害怕了，真禾一路不敢與李搭話，也不敢和他並肩同行。

奇怪的是，她可以感覺到對方那看似平靜如往的表情下藏著一股憤怒。

「李中尉，你不能就這樣進去。這違反程序！」當到達主實驗室大門前時，凱莉攔阻了他們：「你明明知道總長和將軍正在研究很重要的……」

「所以利用我的實習生這件事不怎麼重要就是了？」李冷冷地諷刺道：「還有，在做出那種事後，我不認為你們這群科學家還有資格談『程序正義』。」

利用……**我**？

真禾聽得一頭霧水，但從凱莉那張驚愕、心虛的表情看來，她肯定也牽涉其中。

怎麼會？

「真禾，把凱莉給妳的東西交給我。」李不再理會凱莉，轉向真禾說道：「不管那是什麼。」

真禾一時沒反應過來，停頓了一下。直到李向她伸手時，才從亂七八糟的背包中翻出那枚新的M物質探測器。

他接過手，看也沒看就將它扔在地上踩個粉碎。在碎片中，他撿起一塊黑色金屬。

真禾不敢相信地瞪大眼睛——她知道那是什麼，那是GPS追蹤器。

「真希望妳知道自己違反幾條法律。」李惡狠很地瞪向凱莉，逕自用電磁卡解除主實驗室的鎖：「……或者說，『你們』。」

大門緩緩打了開來。

「等等，這不是為了我們自己！」凱莉見狀，立刻激動地高聲辯解：「這是為了地球……」

他們走了進去。大門關上後真禾再也聽不到凱莉說的話。

當走進主實驗室時，真禾感覺就像突然掉入河裡似的，被某種冰冷的藍光遮蔽了所有的視線。

「跟好，別亂走。」李這麼說。

不知道是不是因為剛才那一番舉動，真禾突然覺得自己可以信賴李。雖然她還是很怕他那張沒有笑容的臉，但至少沒有一開始那樣恐懼了。

循著交談的聲音，真禾看到總長和一位身材微胖的長者正站在一個巨大的玻璃櫃前方，專心地商討著什麼。倒是他們身邊的研究員們顯然已經注意到李和真禾了，紛紛回過頭來。

又過了將近一分鐘，馬克總長才停止談話，回過頭來。

「有什麼事嗎，李中尉？」他語氣平淡地說：「我和貝爾將軍正在討論拿到金鑰後，該如何進入四十四號站驅動『伊登的蘋果』呢。」

進入四十四號站？真禾大吃一驚。

「所以貓爸爸說的果然沒錯！」她按捺不住地插嘴道：「你真的想把發電站裡的M物質通通偷出來！」

馬克總長的嘴角微微一抽。

「不，差得遠了。」他擺了擺手，低沉地說道：「『伊登的蘋果』是能將發電站能源反轉，透過電流抑制M物質，將它們傳送到宇宙的電腦程式。真正騙了妳和那個小女孩的，是那隻『黑貓』形狀的管理者機器人。」

「管理者機器人？」真禾越來越不懂了：「不可能！你不是說那是液態金屬嗎？才不可能是貓爸爸呢！」

總長搖了搖頭，露出略帶無奈的表情，用手指向玻璃櫃：「要是妳不相信，就親眼目睹吧。」

真禾猶豫了一下，帶著不確定的心情，朝向玻璃櫃靠近。

「也該是時候讓你們知道『魔法』的真相了。」

玻璃櫃中，竟是逐漸融化成銀色金屬的貓爸爸。

那個關於「魔女與黑貓」的故事，或者要從很久以前說起。不過說久，也就是十三年前而已。

那時沒有黑貓，只有四十四號站的管理員機器人，和它手下上百個銀色人形機器人。在被人類遺棄快二十多年的發電站裡，所有的機器人，仍和來到這裡的第一天一樣，小心翼翼地操作高壓電流，處理M物質，辛勤地工作。

機器人們不用吃喝也不怕冷熱。它們從來沒「想要」做什麼，所以不會亂用M物質。它們是最好的M物質處理員。

「各位，加油啊！」管理員機器人指揮大家：「一定要把M物質處理好。這樣人類回來視察時，才會對我們刮目相看喔！」

直到某天早上，有個奇怪的哭叫聲打斷了他們的工作。

「那是什麼？是小山豬嗎？」

管理員讓銀機器人們外出偵察，但它們帶回來的不是小山豬，而是一個小小人類。

一個女嬰。

「奇怪了，這裡距離村莊這麼遠，為什麼有人類？」管理員過去從沒碰過這種事：「難道這就是負責視察我們的人？」

為了讓負責視察的人對它們二十多年來的努力有好印象，管理員憑著過去人類留下的資料，小心照顧她。

但是畢竟和人類不一樣。為了工作需要，管理員被設計成液態機器人，平常看起來就像地上沒擦乾的水灘一樣。這樣活動很方便，但是照顧人類需要更靈巧的手腳。

它於是也變成了人類來照顧她。他們一起住在四十四號站。

「妳看，這些是小精靈！」它指著銀色機器人們：「它們都是我的好幫手喔！」

「這是儲藏室，有很多食物可以吃。」

「這是控制室，最重要的地方。」它說：「等妳的同事來了，你們就可以一起控制M物質，像以前一樣！」

有了小小人類後，機器人們再也不無聊了。當小小人類「想要」做什麼時，它們便盡量用M物質變出東西來滿足她。

變出衣服、變出桌椅，甚至在森林中變出一棟紅色小屋。

它每天為小小人類講一個故事，小小人類聽久了以後，居然也開始講起自己的故事。這讓管理員覺得很新奇，它從沒想過除了重複別人的故事外，自己也可以創造故事。

在各種故事之中，小小人類最喜歡的，就是魔法的故事：魔女、黑貓，和各種神奇的法術。

「我也想要當魔女！」小小人類三歲的時候說：「但是……但是我沒有黑貓，沒有魔法。」

「當然有喔，只要妳想。」

最後管理員把自己變成小小人類喜歡的黑貓，然後為她變出一個名字。日日。

過了很久以後，當上貓爸爸的管理員才漸漸瞭解不會有其他人類來了。

也就在這時，貓爸爸才確信日日不是視察員，而是一個不知道被誰拋棄的棄嬰。所以照理來說，日日是沒有使用M物質的資格的。

但是貓爸爸一直沒有修正這個「錯誤」，而且還擅自更改設定，把她設為唯一能使用M物質的人。凡是她想要的，貓爸爸都暗地操控電流，控制M物質達成。

當然，他沒告訴她電流或M物質的事，他說那是魔法。

「喵，哈哈，這樣被其他人類發現就不妙了呢。」貓爸爸想：「不過如果沒有新的M物質補充，剩下的用量也只夠一個人了吧？」

就這樣，兩個被人類拋棄的人慢慢變成村莊中的頭痛人物。尤其是最近黑化區的擴張，讓他們有更多M物質可以使用後，更是「異象」頻仍到一旁的道藍基地也不得不注意的地步。

「沒關係啦。反正我們不怕他們，我們有魔法啊！」日日安慰黑貓。

「嗯，說的也是！」

黑貓和魔女的故事，是真禾在總長與研究員們破解金鑰時，從貓爸爸儲存的記憶中發現的。他把這段記憶藏在最重要的儲存區裡，就在金鑰旁邊。

現在在真禾眼前玻璃櫃中的，不是黑貓，而是銀色液態的管理員機器人。

「唉呀，真狼狽呢。」像融化冰淇淋似的機器人，發出貓爸爸的聲音：「本來躲在森林裡，就是想避免這種事發生。但看來還是躲不掉啊。」

「對不起，貓爸爸……」真禾愧疚地低下頭：「都是我的錯，是我把他們引過來的……」

「不，不。錯不在妳。」貓爸爸的聲音聽起來一點也不難過：「是他們太厲害了，我本來就不可能贏的。」

他停頓了一下。

「真正讓我擔心的，是我不知道該怎麼和日日解釋這一切。」他說：「不過話說回來，他們恐怕不會再讓我和日日見面了吧……倒是妳，如果見到日日，記得告訴她我沒事唷。」

真禾也不知道該怎麼和日日開口才好。

她覺得自己腦中像同時被好幾條弦拉扯似的，想往哪個方向走都不對。她原本以為魔法存在的，但現在卻又發現魔法不存在了。她感覺自己該告訴日日這個事實，卻又不知道日日知道後會如何反應。

如果日日不能接受呢？

離開主實驗室後，真禾在李的帶領下朝他們安置日日的觀察室走去，一路上她都不斷地思索這些問題。

「真禾，妳和那女孩都近距離接觸過M物質，要在觀察室待一陣子。知道嗎？」在快到達目的地時，李這麼問道。

「我知道。」

「那麼等等也請妳和她講清楚。」他停頓了一下：「雖然妳們得暫時和熟識的人分開，但這並不是懲罰。很快就會沒事的。」

「好……」

「有什麼問題再向我報告。」

李站在那扇門前，輕輕拍了拍真禾的肩膀，便快步離開了。

他的舉動讓真禾感到一種怪異的溫暖……對，雖然李不像是會安慰人的那種人，但卻讓人感覺滿可靠的。

或許之前都錯估他了呢？

「嗶！」的一聲。

當電磁門上的監視器確認真禾的到來後，上面的鎖便自動開啟了。

房內居然黑漆漆的？

「哇啊啊啊啊！」一陣恐怖的怪叫從房裡傳來，伴隨一個向前衝的黑色小小人影。

「呀啊啊啊？」真禾嚇得拚命後退，但身後的電磁門卻已經重新上鎖了！

就在逼近的一刻，房間的燈被「啪！」地打開。

「唉，原來是真禾啊。」黑色人影在燈光下變成了日日：「真是的，我以為是基地的人，本來想嚇他一跳順便跑出去呢。」

「怎麼可能會成功嘛！」

不過，被日日這麼一攪亂，真禾一下子也忘記自己原本打算說什麼了。看到日日活潑的表情，她甚至懷疑自己是不是應該靜觀其變？說不定自己是白擔心了，對方或許根本不會為這種事難過呢……

「喂，妳還好嗎？」真禾試探地問道。

「還好？不好啦！都怪他們帶走貓爸爸。」日日一邊亂丟起床上的枕頭，一邊發起牢騷：「少了黑貓我就不能用魔法了，真討厭。」

其實是少了機器人幫忙操控M物質，就沒辦法改變物理法則吧，真禾想。

「但妳不用擔心，我剛見過他了，他沒事的！」真禾說的是另一回事：「我的輔導員說，不久後妳就能看到他了。」

「真的嗎？」

「嗯，真的。」

「那不久是多久啊……我最不會看時鐘了，好煩喔。」日日不再丟枕頭了。她直直盯向天花板後，便緊緊抱住它：「真禾，我們真的不能從這裡偷偷跑掉嗎？我不喜歡這裡。」

「偷偷跑掉？去哪呢？」

日日沒有直接回答，她將頭埋進了大枕頭中，久久不語。

「我不知道啦！」再開口時，日日的聲音突然一變，從原本的開朗轉為微微的啜泣：「這種事……不都是由爸爸來決定的嗎？」

看到日日的樣子，真禾這才意識到：儘管這個小魔女再怎麼逞強、再怎麼自信、再怎麼胡鬧，她也就只是一個和她一樣的女孩而已。

黑化區、地球、人類與機械……面對這麼多，這麼大的問題和挑戰，她們真的有辦法找到出路嗎？

面對自己的弱小，真禾在輕拍日日抽搐的肩膀，安撫她的同時，也隱隱感到一股茫然。

給真禾：

我們收到妳的兩封信了，雖然經過了快半個月才到，但收到時全家都很興奮，這真是地球一遊的最佳紀念品！

爺爺說，他很高興妳喜歡地球的生活，希望妳也和他一樣，享受地球的美麗景色。信裡夾的照片，是他說要寄給妳的。那是地球四十四年前的樣子，不知道和現在有多不一樣呢？他希望妳也照幾張相給他當作紀念。

現在，想必妳一定在地球過著充滿新奇的生活吧。爸爸媽媽都很關心妳，希望妳在地球實習平平安安、快快樂樂喔！你們基地很靠近黑化區，爸爸不太放心。下次通訊時，記得要向他保證，妳絕對會遵守規矩，遠離危險區域。

假日記得把視訊打開，保持聯絡。

愛妳的　爸爸、媽媽　二〇六〇年七月一日

9 崩壞的開始

接下來會發生什麼事呢？

清晨，真禾的觀察室裡傳來廣播，是馬克總長的聲音。她猜，那一定是什麼重要訊息吧？但是在看完爸媽寄來的信後，她卻一點也提不起勁來，躺在床上沒辦法專注。

「在集結各國研究人員和軍事人才的努力下，伊登的蘋果終於研發成功。這是聯合國道藍基地歷史性的一刻，也是改變地球命運的里程碑。」

真禾想起貓爸爸的話……如果人類真的在意地球，一開始別研發利用M物質的科技，地球也就安全了吧？那麼人類現在究竟是在幫地球呢？還是害地球呢？

人們只想把地球變成自己喜歡的樣子嗎？

「我們即將在下午三點準時啟動M物質導向計畫，目標是逆轉四十四號站的電力，將本地異常擴張的M物質傳送到宇宙，恢復地球原本的環境。」

總長的聲音聽起來十分高亢：「這是道藍基地最重要，也最大規模的研究計畫。我，馬克．連恩，在此以基地總指揮的身分，預祝全體任務成功。」

廣播結束，儘管房門仍是關著的，真禾還是聽到了走廊上宛如雷動的鼓掌聲與歡呼聲。

她索性用枕頭蓋住自己的臉，不顧一切地闔上眼睛。

半睡半醒間。真禾聽到窗外傳來飛行器高速起飛的聲音，數十台機具此起彼落，彷彿演奏著急促的交響樂曲，飛向四十四號站。

朦朦朧朧，真禾感覺自己做了一個夢，夢裡她再度回到那個夢中草地。這一次，那看起來就和四十四號站外的景象不只是相似，而是一模一樣。

但是風不再暖了，空中湧動的烏雲遮蔽了陽光，一切都失去光彩。就像突然被吸入古老的黑白電影中，令人在呼吸間都能感受到某種說不出的不安。

她看到在灰色的四十四號站旁，站了一個小小的，黑色的身影。

「日日？」

那個人影回望向她。就在這時，從天而降的滂沱黑雨，瞬間將一切給吞噬。

又不知過了多久。

「真禾！」

有個人正叫喚她的名字，但不很清楚。有個持續的吵鬧電子音蓋過了那個人聲，就像壞掉的電子琴一樣，反覆發出同一個「F」音。

真禾雖然覺得睡得有點太多，頭腦昏昏沉沉的，但還是決定閉上眼睛，試著忽略那些噪音。

「真禾，清醒過來！」那聲音轉為嚴厲的命令大吼道：「緊急狀況，快給我起來！這是命令！」

「啊……是！遵命！」

不睜開眼睛還好，一張開眼睛她差點沒被嚇死——她的房門大開，走廊上的緊急照明全數亮起，穿著制服的人員往返快跑，到處都是人們用各國語言呼叫的聲音。

而李就站在她的床邊。

「這……這是怎麼回事啊！」真禾忍不住驚叫：「基地怎麼了

嗎？要爆炸了嗎？」

「比那個還糟。」李將桌上的翻譯機扔給真禾：「總長的研究失敗，四十四號站裡的M物質和外頭的結合，黑化區失控，現在變成某種風暴了。」

他那張沒有表情的臉上露出了少有的焦慮：「這裡馬上就變成危險區，快去找那個小魔女，帶她從十號機棚離開地球。」

「等等，那你呢？」真禾連忙問。

「我得留下來支援。」直到這時，真禾才注意到李手上抱著的飛行頭盔，和身上的防護服：「可以的話，為你們爭取到更多時間。」

真禾看向被百葉窗微微遮蔽的窗外——不看還好，一看嘴差點張大得合不起來——只見漆黑的天空中，室外已經暗得像夜晚一般。烏雲在上方湧動，彷彿怪獸一般，不斷向下伸出利爪似的黑色龍捲風……

這不是世界末日吧？

真禾觸目所及一片混亂。紅色警戒燈在牆角閃爍，逃生門開開闔闔，來往的人們臉上盡是緊張。這裡不像清醒後的世界，反而比較像某種惡夢中的情節！

「所有戰鬥人員請立刻返回準備位置！重複，所有戰鬥人員……」在雜訊聲中，廣播器高聲放送。

所有戰鬥人員應該也包括李吧？不知道他上飛機了沒？

不知道會不會再也見不到他了……

不，不。先別把事情想得這麼糟。基地的人碰過這麼多事，一定會有辦法的吧！

現在得趕快找到日日才行……最好連貓爸爸也一起帶走！

「日日！貓爸爸！」她大喊：「你們在哪？」

在一團混亂中，真禾逆著人群向前，高聲呼叫他們的名字。就怕自己一個不小心錯過了……

「真禾！妳怎麼也在這裡？」一個女聲突然從右側走道傳來：「我以為妳早就走了！」

真禾繞過來往人群，才總算看到了對方。那是芳蘭！從對方慌張的表情看來，她絕不是刻意想留在這的。

「那妳呢？妳不去十號機棚嗎？」

「啊，原來是十號啊……我正想問妳呢。那我們快離開這裡吧！」芳蘭露出了慶幸的表情。

「不行，我還不能離開。」真禾輕輕搖了搖頭：「我得先找到日日他們。」

「那個愛找麻煩的『魔女』和『黑貓』？所以那個傳聞是真的？」芳蘭驚訝道：「真禾！基地馬上就要變成黑化區了耶！妳不害怕嗎？更何況他們……根本不能算妳的**朋友**吧！」

不知道為什麼，芳蘭的話居然讓真禾聽了有些生氣——她終於知道其他人在她背後說些什麼了。

「無所謂。」真禾這次換上了更堅決的語氣：「我一定要找到他們！」

「等等，真禾！」

真禾只回頭望了芳蘭一眼，便繼續快步向前跑去。

但是來得及嗎？

「日日！」

真禾一口氣由走廊的尾端奔向日日的房間——奇怪的是，日日的房門大開，裡頭除了被亂扔一地的枕頭、棉被與窗簾外，什麼也沒有。

難道說她已經逃走了？

「貓爸爸！」

真禾連忙改朝主實驗室跑去——怪異的是，實驗室的門也是開的！

「貓爸爸！日日！」

藍色的詭異光芒中，真禾在空無一人的金屬儀器間快步奔走。在彷彿幻境中的世界，她聽到自己急促的呼吸聲，以及叫喊的回聲。

「真禾！」

就在這時，一個清晰的聲音瞬間抓住了她的注意力。

「真禾，不好了！」令真禾鬆一口氣，日日的身影終於從關注貓爸爸的玻璃櫃方向出現：「爸爸他……爸爸他……」

啊，糟糕了！真禾突然想起來：她忘記告訴日日貓爸爸變回液態金屬的事。

「別擔心，他只是暫時融化而已。」真禾連忙解釋：「日日，妳冷靜下來，貓爸爸他其實是機器……」

「不，不是融化！是消失！」日日驚慌地說：「爸爸他不見了！」

「什麼！」

真禾探頭一看，玻璃箱裡真的什麼也沒有！

怎麼會這樣？

「日日，真禾！」這時，門的那一頭突然傳來急切的呼叫聲：「妳們怎麼還在這裡？快逃啊！」

那個在門邊的人，竟是凱莉。

「我已經把那隻『貓』放出來了，不用擔心。」她解釋：「他叫妳們別等他，所以趕快上飛機吧。」

日日看向凱莉，眼中的驚訝不比真禾少。

「妳是……放我出來的大姊姊？」她立刻跑向凱莉：「爸爸叫我們先走，是真的嗎？那我該在哪裡找到他？」

凱莉居然幫了日日和貓爸爸？

難道是因為她想補償對我們的欺騙嗎？真禾想。

但是凱莉顯然無暇顧慮真禾的疑問，只是不斷強調：「他說他處理完這裡的事後，就會追上妳們。」

「處理完這裡的事？」日日一驚，顯然只挑自己想聽的話聽：「爸爸一定是去對抗M物質風暴了！真禾，我們得想辦法找到爸爸！」

凱莉對對方做出完全相反的結論，顯然有點錯愕。

也就在這個時候，日日趁機一把抓住真禾，甩開凱莉，飛也似地跑出門去。

第十號機棚！

不，錯過了。她們現在已經到第五號了。這裡的飛機顯然不是給實習生或村民搭的，因為前後左右來來往往的全都是身著防護服的戰鬥員——這讓真禾和日日的裝束顯得格外突兀。

「日日，別再往前了，回十號機棚吧。」真禾警覺道：「再走下去，我們鐵定會被發現的。」

「可是……爸爸說過『要是發生什麼壞事，就要往人多的地方跑。』所以我感覺他就在那裡。」日日說完，探頭探腦地四處張望。然後，她好像想到了什麼：「而且，怕被發現的話，我們也打扮成一樣不就好了？」

……在這種時候，真禾不知道該不該誇讚她。不過，眼看頭頂大批M物質壓境，空氣時冷時熱，變得越來越不穩定……或許先穿上防護服是個好主意。

她們於是偷偷摸摸地從一個開啟的機艙中搶了兩件防護服穿上。很不幸的，雖然已經是最小號了，她們穿起來卻還是鬆鬆垮垮的。

「算了，沒什麼好挑剔的了。只希望這真的擋得住M物質。」真禾扶了一下滑下來的頭盔，覺得這全副武裝未免也太笨重了。

「就是嘛，好難走路喔……」日日也抱怨。

不過，或許是偽裝成功，又或許是基地已經亂成一團，沒人有時間注意到她們。在套上防護服後，雖然還是常有人用怪異的眼光掃過她們，卻沒有人停下來盤問。

但最重要的是：黑貓爸爸究竟在哪裡呢？

轟隆轟隆。

頭頂上的M物質，開始像真的烏雲一樣閃起電光。但是比烏雲糟糕的是，除了閃電，開始有細碎的雪花掉落下來。

……至少比大災變時火球群掉下來要好。

「日日，會不會貓爸爸已經到四十四號站了？」真禾疑問：「這樣的話，我們也該去避難啊。」

「我不相信。」日日賭氣的聲音透過頭盔傳來：「他才不會拋棄我！」

「這不是拋棄，日日。他是擔心妳受傷。」真禾連忙解釋：「不然他逃出玻璃櫃時，為什麼沒等妳？」

「不，我不要！」日日任性地大叫：「他明明說……」

霹靂一聲。

一道橘色光芒從上方灌注而下，雷聲大得像是幾百顆炸彈同時爆炸。

在彷彿火焰的光芒中，她們眼前所有的一切都亮了起來。包括正要升空的飛機、抱頭蹲下的人們，還有……

「爸爸！」日日驚叫，伸手指向前：「我看到爸爸了！爸爸想偷偷爬上那台飛機！」

不會吧？居然真的在那！

有個小小的四腳黑影，正在偷偷摸摸地靠近一台戰機開啟的機艙……

是貓爸爸！

真禾沒想到她們居然真的能在這麼大的基地裡找到貓爸爸，頓時有點喜出望外。至於日日，更是片刻不停，即使拖著過長的衣袖，也跑得飛快，直奔向前。

「爸爸！爸爸！」

黑貓遠遠地聽到聲音回過頭來，顯然也是一臉驚訝。

「喵啊！日日聲音的基地人員！」貓爸爸四腳倒退了幾步。

「不對，爸爸。我就是日日啦！」日日連忙揮手解釋。

「日日？日日！」貓爸爸因為另一個理由吃驚了：「妳怎麼還在

這裡？我要妳和真禾先走的啊！」

就在這時，彷彿呼應黑貓的話。M物質烏雲開始向下延伸成漏斗狀，越來越靠近地面。基地的地勤人員發現情況不對，紛紛高聲呼叫，衝向室內找尋掩蔽。

但日日顯然毫不在意。

「不用擔心，真禾也在這裡喔。」日日伸手指向跟在身後的真禾。

「這樣才叫爸爸我擔心吧！」黑貓刷地豎起了毛髮。

而且顯然不只黑貓這麼想，就連那台戰機的駕駛員也是這麼想。

「高真禾，為什麼妳還在這裡？我不是要妳離開了嗎？」

這次大概不用摘下頭盔，也知道對方正是李中尉了——不過被這麼一罵，真禾也只能尷尬地低頭認錯。

「喵啊！妳們居然不聽我的勸告！」

「妳們知道這裡有多危險嗎？」

在這緊要關頭，黑貓和中尉居然異口同聲地說起教來。

轟隆。

一陣驚呼之中，所有的人都看到了——那漏斗狀的烏雲，居然變成巨大的龍捲風，夾雜雪花與極地般冰冷的氣息降臨！

「大家小心！」

在幾乎讓人站不穩的狂風之中，真禾看到微微的霜氣結凍在飛機白色的外殼上。

「算了，別管了！所有人立刻進機艙！」李立刻果決地下了這個判斷。

日日、真禾與貓爸爸一衝進機艙，李立刻奔回駕駛座將艙門關閉。好在飛機噸位較重，當基地裡金屬、殘塊橫飛時，飛機僅是受到乒乒乓乓不小的撞擊，但並沒有因此翻覆。

「呼，真是好在啊。」黑貓慶幸地環伺聚在駕駛艙內的大家，鬆了口氣：「……對了，接著該怎麼辦？」

機身突然猛烈地搖晃起來。

「接著我們得趕快離開這裡。」李快速地轉下引擎開關。

日日和真禾同時從駕駛艙前窗看到了，黑色龍捲風正朝他們的方向快速前進！

「天啊，我們躲不過的。」真禾很快就領悟到這點：「除非有什麼其他辦法能讓我們更快地逃離！」

日日和黑貓受到啟發的互看一眼。

「有了，就是這個！」黑貓興奮地叫道：「日日，做一個和通往道藍村一樣的祕密通道！」

「咦，給飛機嗎？」

一陣刺耳的摩擦聲，伴隨激烈的震動從飛機底部傳來，彷彿下一秒就要解體一樣。

來不及的，我們來不及的……

面對眼前壓境的黑暗，就連機艙內的燈光都彷彿快被吞噬了一樣。真禾下意識地用手摀住眼睛，不敢再看下去。

就在這時，她感覺腳底一輕。

龍捲風，轉啊轉

「我們逃不掉的！」
那麼，就當作是玩雲霄飛車吧
霹靂啪啦
外面是有人敲門的聲音嗎？
快一點嘛，我們起飛囉

「快停下來！」
「才不要呢！」
橫著轉圈
直著轉圈
誰管哪裡是左哪裡是右？
窗外有雪花呢
一起來滾雪球吧！要做好大好大的唷
我們比賽誰先到達祕密基地

但是，爲什麼外面那麼黑？

是誰把地球的燈光關掉啦？

噓，好像安靜下來了

我聽不到其他聲音，你呢？

閉上眼睛，我們就能一起在黑暗的宇宙中飛行

前面，好像有什麼在等待著我們……

10 魔法與科學

要不是駕駛艙內的緊急照明啟動，真禾大概會以為四周一片黑暗，是因為自己不小心昏倒了！

嗶嗶嗶。嗶嗶嗶嗶。嗶嗶嗶嗶嗶嗶嗶……

駕駛座的M物質偵測器瘋狂響著，頭盔內的紅色電子警告讓她看得眼睛都花了。

「M物質濃度：危險！」

其實不看那個警告，真禾也猜得出來。

「大家都沒事吧？」李邊巡視四周邊問。

「沒事，但我們在哪呢？」真禾揉了揉剛剛被撞得有點疼的手臂：「我們被吸到龍捲風裡了嗎？」

「才不呢！比那個更棒！」日日興奮地說道，好像等著被人稱讚的樣子：「不是龍捲風，是我用魔法做的祕密通道！這樣大家就安全了。」

真禾很想贊同日日的話，但從李的表情看來，現在就高興未免太早了。

「……這麼說是蟲洞嗎？」他思考道：「扭曲物理空間，確實也只有在M物質足夠的情況下才辦得到。」

「沒錯，而且還是直接通到全世界最安全的地方。」日日得意地插著腰：「我的祕密基地！」

等等？

日日的祕密基地！那不就是四十四號站嗎？

這哪裡是全世界最安全，根本是最危險的地方吧！原來日日剛剛根本不曉得出事的是四十四號站啊！

「唉，這下慘了……」

真禾和貓爸爸露出頭大的表情，李更是直接地鐵青了臉。

至於日日，則是從欣喜轉為有些困惑。

「你們不喜歡祕密基地嗎？」

「你們留在這裡，我出去探探路。」

在做了簡短的宣布後，李將飛行頭盔換成防護頭盔，在確保衣服中的氧氣充足後，便背上槍走向後機艙。

「等等！我要幫忙。」真禾見狀，連忙追上去：「畢竟我也是基地的一員。」

李從玻璃頭盔裡透露出有些不樂意的表情，但鑑於人力實在不足，還是招了招手要她跟上。

「既然真禾都去了，我也要去！」日日立刻堅持。

「既然日日都去了，那我……」黑貓也跟著說。

「好啦，夠了夠了，我知道了！」

於是，這一行人開始小心翼翼地向外移動。

真禾躡手躡腳地走到艙門，但在光照可達的視線範圍內，似乎沒辦法看到任何東西。他們面前的世界就像沒有星星的宇宙一樣空無，這甚至讓人懷疑機艙外是不是有地面的存在。所以當發現腳底踩得到堅硬的地面時，實在令人鬆了口氣。

從機尾的方向望去，遠方居然有微弱的光源。

「那好像有一道門……？」真禾瞇著眼睛看向隱約呈一直線的細光：「看，是從門縫發出來的！」

「蟲洞裡怎麼可能有門？」李雖然這麼回，但也看到真禾說的光線。

就在這時，一陣小小的騷動像風吹過塵土一樣地從他們腳邊滑過。一群小小的閃光突然從他們腳邊亮起——那竟是十幾對銀色小精靈的雙眼！

「小精靈也來了耶！」日日興奮地說。

「等等，它們好像有什麼話想向我報告。」黑貓「咻！」地豎起耳朵：「啊？門另一頭有……白人類？不對，老人類？……玩控制台？為什麼要玩控制台？」

雖然聽不懂小精靈在說什麼，但是李和真禾倒是猜出來了。

「他們說的是馬克總長！」真禾指向那道門：「總長為了操作『伊登的蘋果』，把M物質傳遞出去，使用了控制台。結果反而讓黑化效應變嚴重了！」

「沒錯，裡面有求救訊號，總長肯定需要幫助。」李在查詢之後低聲說道。

「欸，是這樣嗎？」黑貓和日日的表情立刻轉為不屑：「如果是他，那就不幫了。」

李對此沒有回應，顯然已經懶得理這兩個人了。他決定先一步貼近那道門邊，好思考接下來該怎麼行動。

但也就在這一瞬間，門另一頭的人似乎因為他們的聲音而有所反應了。

一陣急切的敲打。顯然是求救，但並不微弱，反而像沉重的心跳聲，筋疲力竭的心跳聲……

門前後震盪起來。

「大家小心！」

大門就在大家的眼前，被猛力由內部撞了開來。

門打開的那剎那，真禾原本以為出現在眼前的會是可怕的景象——好比空中燃燒的火焰，或龍捲風後的黑色殘燼——就像傳聞中那樣。但相反的，出現在她眼前的卻是寶藍色的天空和潔白的雲朵。她甚至感覺到冰涼的風，吹在臉頰上，彷彿流動的溪水一般。

「好美……感覺好像飛起來一樣。但是為什麼？」

是幻覺嗎？

真禾花了幾秒鐘才適應眼前突兀的美景，但就在這時，四周色彩卻又變了調——灰色的高聳樓房四起，黑煙由地底湧出，刺耳的聲音由四面八方湧入。低頭望去，煙霧瀰漫的街道上什麼也看不見，半個人類的身影也沒有。

和先前的夢境不太一樣，卻又有點像……難道這是什麼人在透過地球過去的景象，傳遞什麼訊息嗎？

一個有點荒謬的想法從她心中冒出來。

既然日日能用M物質改變空間，那麼時間呢？這些景象會是地球過去的「回憶」嗎？

如果是，那麼它想要告訴她的，想要告訴人類的，究竟是什麼？

「真禾！」

日日的聲音突然從真禾身後冒了出來。接著，就像被人從游泳池裡突然拉起一樣，真禾感覺身體一輕，失去重心，猛然向後一摔。

「真禾！真真真禾！」日日的大嗓門差點沒把真禾的耳朵震聾。

「不用那麼大聲！我沒事啦！」真禾用大喊的方式叫對方不要大喊。

雖然是這麼說，但真禾還是被眼前的混亂狀況嚇了一跳——控制室內，到處都充斥著某種詭異藍光，金屬碎塊與玻璃飄散在空中，而在剛剛那道門邊的是……

「馬克總長？」

是馬克總長沒錯。他穿著防護服，全身彷彿虛脫似地抵著門，艱辛地喘氣。他臉色泛著不正常的白，眉間緊皺著，這讓他看起來一下蒼老了許多。

「繼續呼吸，總長！」

李蹲下身扶住他，在最短的時間內找出防護服氣瓶的故障，並接上自己的氧氣。

氧氣濃度：零。

真禾注意到頭盔內的顯示——看來這裡的空氣組成與重力都在M物質影響下異常了。或許剛剛把門撞開，就是總長的最後一搏吧！

馬克總長在急救後，似乎恢復了些力氣。他睜開眼睛，吃力地撐起身，看向周邊的人們。

黑貓和魔女顯然還是沒原諒對方，他們任性地別過臉去。但總長卻顯然有話想對貓爸爸說。

「管理員，控制台的插入拴……卡死了。」他指向控制平台：「……『伊登的蘋果』無法啟動……再這樣下去地球會……」

順著他所指的方向望去，確實可以看到插入栓上卡著的半截硬碟。但那顯然不是最糟的。

最糟的是控制台後半破的玻璃窗。裡頭的M物質濃烈到像黑洞一樣，把室內所剩不多的光大口大口吸入。而且深處還不斷發出火光，儼然隨時會洶湧而出。

「嗯，情況真的很糟糕呢。」連假裝不理對方的黑貓都認同了：「沒想到剛剛還不是最糟的狀況啊，該怎麼處理好呢……」

日日一聽到爸爸這麼說，立刻轉回頭。

「我來我來！我去試試！」

「不行，不行！光隨便戳幾個鈕就已經造成這麼大的災難了。現在誰也不准碰！」黑貓難得用命令的口氣：「M物質已經失控了，我看你們幾個人類還是想辦法離開這裡吧，剩下的交給我。」

「不要！」日日大叫。

「不要也得要！」黑貓拱起了背脊。

「可是……可是，我不想離開爸爸你！」日日的手緊緊握拳。

黑貓意識到日日這次在倔強中的體貼，突然也不知道該怎麼說，只好抬起頭看向日日。那雙眼睛眨呀眨的，看起來就和聚在他身後的小精靈們一樣。

「日日……」

黑貓沒有繼續說下去，但日日已經明白了。

就算最初他們的見面是一場誤會，就算黑貓不是日日真正的爸爸。但在過了這麼多年，經歷了這麼多事，如果不是黑貓，還有誰能當小魔女的真正父親呢？

黑貓搖搖頭，既是欣慰，又是感慨。

「讓日日試試看吧。」真禾也鼓勵道：「說不定她真的能用魔法做些什麼。」

「不，太危險了。何況那根本不是什麼魔法，而是科……」

黑貓話說到一半，突然豎直了耳朵。

「糟了！」他大喊：「快趴下！」

真禾不懂，直到她看到頭盔上新的紅字跳了出來。

警告：氧氣濃度90％。

一串紅光從玻璃窗那頭爆出。就像國慶煙火那樣瞬間就照亮屋內。只是這次不是朝天空，而是朝著他們直直噴射而來！

「小心！」

真禾以為自己來得及喊出這聲，但或許沒有。

事情發生得太突然了，根本不可能來得及防備。

面對衝向她與日日的火焰風暴，真禾反射性地閉上眼睛。

「危險！」

或許當初不該來地球的。

就在睜開眼睛的那剎那，她隱約看到有個人影阻擋在她們與火勢之間。

那是……

她感覺到一對臂膀將她與日日緊緊護住，退進後方冰冷的陰影中。

直到令人昏眩的火光散去，真禾才在藍色的幽光中看清用身體護住她們的李中尉。

有股刺鼻的焦味瀰漫在四周的空氣裡。

「……妳們沒事吧？」李的額頭上冒著豆大的汗珠。他的表情看起來不太對勁。

「沒……沒有。」

「……那就好。」

砰地一聲，李就在她們面前倒了下去。真禾嚇得倒抽了一口氣，差點也沒站穩地跟著摔倒。至於日日，則是呆站在那，瞪大了眼睛。

「他……死掉了嗎？」

「沒……沒有，沒有！他肯定只是『睡著』而已！」貓爸爸慌張地跳了過來，想擋住她們的視線：「不妙……太不妙了。得想辦法把妳們弄出去才行……」

但那是不可能的事啊！

四十四號站外圍，早就被M物質困住了。再加上負傷的李和馬克總長，根本沒辦法移動。

所以最後唯一的方法就是……

「日日，用魔法讓大家逃走，救救大家吧！」真禾對日日請求道。

但是日日似乎受到剛剛的刺激，突然有了什麼全新的體悟：她滿是稚氣的臉上，此時竟浮現出異常堅定的表情。

「不，只有我們逃出去根本就不夠，到最後又會變成現在這樣子。」日日搖搖頭。

她也許說得沒錯，真禾心裡明白。

就算要逃，附近又有哪裡是安全的呢？

「所以我要修好它。」日日指向控制台：「只要能啟動那個什麼『蘋果』，不只是我們，就連村民和基地的人都能得救吧！」

「開─什─麼─玩─笑？」

貓爸爸提高聲調，難得說出極為正經的話：「妳知道修好控制台，還要確定程式成功啟動的機率有多高嗎？連1%都不到啊！」

1%……如果連最了解這裡的管理員都這麼說，那真的很不妙。

「但是爸爸，你以前不是都要我相信魔法嗎？」日日大喊。

「以前是以前，現在是現在！」黑貓的聲音轉為威嚴：「更何況**這個世界上其實根本就沒有魔法啊！**」

黑貓話一出口，立刻意識到說錯話地瞪直眼睛。就連真禾聽了也是一愣，隱隱有一種謊言被拆穿的羞愧感，心跳加速。

反倒是日日卻咧開口笑了。

「我知道，爸爸，我早就知道了。」日日說道，那聲音在真禾耳邊聽來竟異樣清晰：「**可是我啊，是相信魔法的喔。**」

她丟下這句話，便朝控制台跑了過去。

「不，不，快回來啊！」黑貓驚叫。

但日日的驚人之舉才不只這樣。

「真是礙事，這個手套！」日日一來到控制台前，立刻豪邁地脫下防護手套：「……還有這套衣服，這個頭盔，這麼笨重，叫人怎麼走路嘛！」

被一一卸下的防護衣、防護頭盔，全砰咚砰咚地被扔在地，差點砸中一旁的小精靈們。

「日日，這樣太危險了！」真禾跟在貓爸爸身後，也一同衝向日日阻擋。

但日日只是哼了一聲。

現在，她已經卸下了所有保護，只頂著那頭蓬亂紅髮，穿著那黑色魔女服。就像最初真禾看到的那樣，日日又是個徹徹底底的魔女了。

她衝著真禾嘻嘻一笑。

說也奇怪，這樣的笑容竟真的讓真禾感覺放心起來——就算情況明明已經很糟糕，明明已經沒有辦法可想。

或許是因為他們還有1%都不到的希望吧。

「好啦，現在可以好好做事了！」

日日摩拳擦掌，伸手向卡住的硬碟探去，抓緊上緣，拚命向前推……

但卡死的硬碟還是沒有動靜。

「真討厭！」小魔女哼了一聲，但仍毫不放棄，繼續努力。

「別胡鬧了，日日。穿上防護服，快走！」黑貓站直起來，探出兩隻腳爪探向日日腳邊。

「不要吵啦，爸爸！我覺得裡頭動了一下。」日日邊微微轉動插入拴邊說。

「怎麼可能？」黑貓立刻否定，並且尋求救兵：「真禾，快，幫我勸勸她……」

真禾站在貓爸爸和日日之間，顯然只能二選一。

如果換作幾個月前，她一定不會明白自己現在的選擇。但現在她就是這麼做了。

「也讓我來幫忙吧。」

真禾對日日笑道，貓爸爸露出了一個下巴快掉下來的表情。日日則大力地點了點頭。

「太好了，我就知道真禾妳跟別人不一樣。」

於是，來自宇宙與地球的兩位少女，便在這最後的一刻，緊緊將手相握，扣住他們最後的希望。

即使面對眼前洶湧的M物質，即使知道那漆黑的深淵中潛藏致命的威脅。她們在心中卻已經決定了：絕對不輕言放棄。

「等下數到五時，一起用全力吧！」日日說：「就當是最後一次。」

「嗯！」真禾給了個肯定的回應。

在此同時，少女們面前的無邊黑暗，夾帶著逼人的火焰與雷光，再度朝她們迎面衝來。

「一……二……」日日高喊。

衝向她們的M物質瞬間由冰冷變得滾燙，貓爸爸慌亂地張牙舞爪，似乎想試著用不科學的方式逼退那股威脅。就算那根本不可能。

我們會怎麼樣呢？

真禾的手心冒汗，心音在耳邊迴盪。她覺得心臟好像快跳出胸口了。

日日也是一樣的。

她深深吸了一大口氣。

「三四五！」日日一喊完立刻用全身的力量向下壓。

「咦？一口氣就……？」

話雖這麼說，真禾手上也沒猶豫。她同樣地用盡全身的力量使勁向下，孤注一擲。

轟然一震。

一道銀色雷光由M物質深處閃襲而出。

真禾眼前頓時只剩一片雪白，就像突然被白色簾幕覆蓋住似的。

但就在這時，她也感覺到了，她們掌中的硬碟還真的滑動了一下。

「日日！真禾！」貓爸爸的聲音。

為什麼感覺……好像落到了很遠的地方。

真奇怪，他不是就在她們旁邊而已嗎？

為什麼腳底會這麼輕盈呢？

感覺……和之前的飛行好像啊。

白色世界中一片沉默。

直到……

「開始執行『伊登的蘋果』。」

一個從未聽過的機械女聲。

「四十四號站系統重新啟動。」

「電能逆轉換進行中。」

「過剩能量投射宇宙預備。」

真禾沒聽到「預備」之後的「開始」，但她聽到「呼呼」的急促風聲，就在腳邊。

一陣颶風由下而上，將她吹得飛了起來。

「哇啊啊啊！」

是M物質！

就這麼一眨眼，急流般湧出的M物質便吞噬了兩個女孩——感覺就像被突然從海底冒出的鯨魚吞下肚一樣，空氣中到處都是騷動的氣息。

白光褪去，一幅不可思議的景象在她眼前展了開來。

11 地球的夢

是剛剛一閃而過的幻覺，地球過去的「回憶」。

真禾漂浮在那個有翠綠原野的遼闊夢境中；在那個有金色陽光與白色雲朵的溫暖夢境中——一切看起來是那麼令人熟悉，卻又說不出是哪個地方的景色。

但這次有人類在原野上活動，彷彿七彩斑點的人類，從那些積木大小的房子裡走出來，向她們揮手。

「這是……過去？」從某個看不到的地方，貓爸爸的聲音傳來：「是還沒被M物質汙染前的世界，時光亂流中的『過去』……為什麼？」

「也許是地球想告訴我們什麼吧？」日日仍緊緊握著真禾的手：「……這裡好漂亮，就像是地球的夢一樣。」

「真的，好漂亮。」真禾也跟著說道，她可以感覺到日日的手，小小的，暖暖的。

在地球的夢裡也有人類的存在呢。但是……

就算發生了黑化效應，地球仍不怨恨人類嗎？

這麼說來，那個被人類拋棄的地球，其實一直在等待人類歸來嗎？

突然，在這已經不存在了的晴空之中，真禾感覺到一陣陣來自腳底的時空震盪。某種來自真實世界的力量化為颶風，帶著兩位少女向上飛離。

「啊，快看！」

順著日日的眼神抬頭望去，真禾再度看到不可思議的景象——在地球夢境中心的藍色天頂，突然出現一個巨大漩渦，就像颱風圈一樣，快速旋轉著，將眼前的世界牽引出去。

「M物質被傳出去了！現在是『伊登的蘋果』在傳送它們！」黑貓連忙高聲提醒：「小心，別被亂流吸走了！」

這代表馬克總長的計畫成功了？

大家都有救了！

真禾大力地點了點頭。

她的心中還是很緊張、很擔憂，不確定接下來將會發生什麼。但奇怪的是，看到日日的表情時，卻不再感到害怕了。

日日看著她，笑得就像以往那樣。

「真禾，看吧！」小魔女日日肯定地說道：「魔法真的存在吧！」

聽到日日的話，真禾突然感覺眼眶一陣濕潤地笑了。

「日日。」在時空流動的呼呼風聲中，她不得不大聲回應：「魔法真的存在呢！」

她看到日日的笑容，突然模糊了。

當地球上的M物質朝向宇宙大量噴發時，包圍她們身邊的時空幻想也跟著變化了。藍色的天空消失，取而代之的是更多一閃而過的聲音與影像。

她看到道藍基地與村莊的人們、森林中的動植物、和福爾摩莎太空站相似的街景、超乎想像的龐大都市、人類已經陌生了的青色高山，以及蔚藍海洋……

景色如走馬燈般快速地變換，萬般聲音此起彼落，轉眼間便已然分辨不出。

就像萬物的大合奏一般。

「難道M物質……其實是這個世界的……」

幻象消失了。四周頓入黑暗。

真禾以為她們會被漩渦吸走，但相反的，她們卻距離那色彩繽紛的一切越來越遠。

她和日日不再向上飛翔，而是不斷地向下墜落……

〈悔過書〉

爸爸媽媽，真的很對不起。

我明明答應好你們要認真在道藍基地實習的，但是現在卻沒聽輔導員的指令，一直犯錯。明明該回基地，卻逗留在村民家裡；明明該認真執行任務，卻偷偷跑出去玩，還引起村裡的大騷動。

我以後不敢不守規矩了。雖然說有些事情其實也不完全是我的錯，而是魔法造成的。但是因為是我與在地球認識的魔女和黑貓一起做的，我想我也有責任，至少下次應該要阻止他們，而不是跟他們一起胡鬧。

請不要擔心我，我會乖乖完成實習的！

道藍基地實習生　高真禾　二〇六〇年七月十三日

〈急件：實習生真禾悔過書的補充說明〉

致

高先生、高太太：

儘管高同學日前在輔導員要求下，寄出了上述內容的悔過書，但請不要為她擔心，也千萬不要因此懲罰她。事實上，基於她近日對道藍基地與村落的貢獻，身為基地的領導，我深覺自己有代表全基地成員，向真禾隆重致謝的必要。

高同學在實習期間能夠突破制式思考，表現優異，未來若有意願繼續留在地球成為正式研究員，為人類重返地球的願景貢獻心力，我必當全力推薦。

道藍基地總長　馬克・連恩　二〇六〇年七月二十五日

12 不存在的大冒險

真禾先是感到一股墜落的昏眩，之後才注意到自己其實躺在某個柔軟的墊子上，根本沒有移動。

四周似乎很明亮，但和M物質中看到的那種光亮又有些不同。

她微微睜開了眼睛，發現自己竟在醫護室裡。

「真是不可思議，明明什麼傷都沒有，卻敢躺得比我久。」一個熟悉的聲音冷冷說道。

李那張面無表情的臉孔出現在真禾眼前，不過旁邊對她投以熱切的臉孔是……芳蘭和凱莉？

「太好了！妳沒事！」芳蘭欣喜道：「原本我們怎麼都找不到妳，我還以為妳被剛那場暴風捲走了呢！」

「暴風？」真禾有點不懂對方在說什麼。

「基地被M物質的暴風襲擊，妳和大家走散了。」凱莉握住真禾的手，柔聲解釋：「我們不得不在地下室避難……好在剛返航的李中校發現了妳。運氣不錯呢！」

凱莉說到這裡，順手拍了李的後背一下。

「唔！」李吃痛地皺起眉頭來——真禾這才注意到對方的背上明顯包紮了好幾層。凱莉連忙道歉。

「唉？可是……日日呢？她不是跟我在一起的嗎？」真禾追問：

「當時我們明明在四十四號站裡……貓爸爸和馬克總長也在。」

她停頓了一下：「是我們修好故障，讓『伊登的蘋果』執行的啊！」

凱莉和芳蘭一聽，臉色都是一變。

「真禾，妳在說什麼啊？」凱莉的詫異似乎不像裝的：「馬克總長是受了點傷沒錯，但並沒有什麼故障啊？而且妳說的女孩……不是早就回到村莊裡了？」

「可是……」真禾遲疑了，本想再問些什麼。

「好了，好了。」李沒有給她辯解的機會：「總之大家沒事就好，現在專心休息。」

凱莉和芳蘭同意了李的話，在為真禾獻上祝福後離開了房間。

但這並沒能讓真禾混亂的腦袋瓜停止思考——她們說得怎麼和她的記憶完全不同？難道剛剛發生的那些事，全都只是夢……

「無論妳想說什麼，暫時都先別想吧。」

李走到門邊時，突然背對著她丟下這句。

「沒有故障這回事，也沒有什麼魔法。妳沒有去找小魔女，我沒達規載過妳們，所以我們當然不可能穿越蟲洞出現在四十四號站。」他淡淡地說：「M物質把時空扭曲了，我們離開的那段時間根本不存在。」

真禾張開嘴巴，卻感覺喉頭被什麼東西卡住了，發不出聲音來。

「但我和馬克總長的命是妳們救的，這點卻是真的。」

李微微別過頭來，嘴角若有似無地揚了一揚。

「所以說，那些確實是……」

「是沒發生過的事。」李接口道，而後，似乎很勉強地擠出了一句：「……我和總長都很感謝妳們。」

真禾看不太清楚他說這句話的表情。

就在她終於想到該說什麼時，門「砰」地一聲關上了。

雖然真禾和日日的大冒險只存在不曾發生過的時間裡，但不幸的是，M物質風暴對道藍基地與道藍村造成的破壞卻是事實。好在，雖然山坡上的白色風車被打斷好幾支，基地的飛機跑道也被炸出好幾個坑，但在經過基地成員和村落居民一週的搶救後，已經沒有什麼大礙了。

「謝謝大家的幫助！」

修復告一段落後，大家甚至還一起開了慶祝會呢。看來不論來自宇宙或地球，在團結合作後，大家的感情會變好，都是不爭的事實。

不過，馬克總長並沒有參加慶祝會。

事實上，直到慶祝會過後三天，真禾和日日才總算又有馬克總長的消息——或許是還需要休養吧，現「聲」而沒有現「身」的總長，總算能透過廣播，對M物質風暴的事發表聲明。

廣播之聲傳遍道藍基地，也傳到一旁的村落裡。當然，就連在森林中的魔女小屋也聽得到。

「我很榮幸地宣布：經過十年的開發，『伊登的蘋果』確實能夠成功地將發電站轉換為傳輸站，這總算為地球長久以來的M物質威脅找到了解藥。」

透過廣播，可以聽到基地裡傳來歡呼聲，但不包括真禾身旁的兩人。

「什麼嘛，之所以變成這樣，不就是人類自己搞的嗎？」貓爸爸懶洋洋地打了個呵欠。

「有什麼關係嘛，反正是好結局啊。」日日完全沒用心聽，只顧著單腳墊高，站在紅磚屋外的矮牆上玩：「爸爸你不是也說，只要大家都沒事就ＯＫ了？」

「啊？我有這樣說嗎？」黑貓反駁。

真禾忍不住笑了出來。

「然而不可忘記的是，縱使Ｍ物質未來能成功傳送至宇宙，那些我們人類為了自身利益，對地球造成的傷害也無法完全復原。」馬克總長的聲音一字一字清晰地說道：「企圖扮演神明，改變宇宙的規則……這樣的代價實在太沉重了，不是我們付得起的。」

馬克總長……是因為目睹Ｍ物質可以造成的傷害，才這麼說的吧，真禾想。

事實上，在窺探了地球的夢後，真禾也對這一切有了不同的想法。

在這個星球成長、茁壯的人類，就算對地球曾那麼任性地破壞，傷害了那麼多原本美麗的事物。但分開之後的地球與人類，卻又免不了在宇宙的兩端遙遙思念著。

也許地球就像媽媽一樣，一直在等待人類這個逃家的孩子成熟長大，學會如何和她相處的那天吧。到了回家的那個時刻到來，真禾肯定會很希望自己能在地球目睹這一切的。

「真禾，妳也上來嘛！」

一旁的日日顯然沒想那麼多，她很專注地玩著平衡遊戲，輕輕鬆鬆地就走過了半面矮牆。

「不然我們等下再去玩點魔法。」

「不！不許玩魔法！」黑貓一聽立刻豎起尾巴：「大部分的M物

質都被傳走了，現在剩下的可要節省用。不然萬一以後有緊急狀況怎麼辦？」

「那飛一下就好。」日日大叫。

「不，不許飛！」貓爸爸立刻高聲禁止：「以後只准用走的！」

「那綁動物氣球？」

「不行！」

「空氣蠟筆？」

「也不行！」

真禾聽著父女倆的鬥嘴，忍不住笑了出來。

就在這時，馬克總長的演講似乎也接近尾聲。

「……這次的成功，或許應該歸為一場奇蹟。一次由魔法，而不是科學帶來的奇蹟。」

真禾忍不住驚訝，和一旁的貓爸爸互看一眼。

「我由衷感謝為此奮鬥的人們，謝謝妳們，直到最後一秒都沒放棄那1％都不到的機會。」

他們不敢相信自己聽到了什麼。

「日日，妳聽到了嗎？」真禾開心地朝日日已經走到尾端的身影叫道：「馬克總長剛剛是在對我們說話喔！這一切都多虧了妳呢！」

但是日日只是「哼」了一聲回應。她背對著真禾，張著雙手，單腳站在牆上。向前走了一步，兩步，三步。

「那種事隨便啦，我才不想管呢。」日日拋出這句後，突然「刷」地一百八十度大轉身，面向真禾：「倒是真禾妳，接下來要怎樣呢？」

魔女停頓了一下，繼續問道：「聽說因為這件事，你們實習生得提前離開地球了，這是真的嗎？」

「福爾摩莎太空站距離這裡遠嗎？從地球上看得到嗎？」

「妳還會回來嗎？」

黑貓聽到日日這麼一問，也閉口沉默了。

「日日……」

真禾倒是沒想到日日早就知道這個消息了。

尾聲

「給爸爸和媽媽，再過幾個小時就要離開地球了……」真禾望著整理好的行李，看著空蕩蕩的室內，突然感覺五味雜陳。

「現在，我終於瞭解為什麼爺爺會那麼想回地球了。地球真的很美，以後我也希望能住在這裡。

「雖然只有在道藍基地裡發生好多事，雖然只有短短兩個月，但感覺像過了一整年。我認識了好多的人，有的人很風趣，有的人很凶，有的人很嚴肅，但他們都是很好的人。」

她寫到這，停頓了一下，轉了轉觸碰筆。

「對了，我還認識了一位魔女喔。她的名字叫日日，爸爸是一隻黑貓，很不可思議吧？這雖然聽起來很魔法，但卻是真的！如果你們到地球來，我一定會介紹你們認識她、她的貓爸爸、小精靈，和他們在森林裡的紅色房子……」

實習生們離開基地的那天，晴空中萬里無雲。

在人群中排隊登機的真禾，心中有種難言的不捨：不管是對日日和貓爸爸，或者地球本身。

好不容易才認識一個朋友，卻這麼快就分離了……誰知道下次再見是什麼時候呢？

「會的，一定會再見面的。」她記得自己曾這麼答應日日：「說不定下次我會帶爸爸媽媽來地球玩……或者是妳和貓爸爸來太空站拜訪我呢！」

「好啊！我很想在太空飄來飄去呢！到時候我們再一起玩！」日日臉上些許的擔憂一掃而空，伸出小指頭來：「打勾勾，一言為定。」

真禾一面這麼想著，一面坐向那個靠窗的位置。她聽到身旁的芳蘭好像很興奮地在討論著什麼暑假計畫，就和其他同學一樣。

「大家安靜！……算了。」

坐在前座的李大概是因為傷還沒好吧？面對鬧轟轟的實習生們，也顯得有些懶得管的樣子。

李回頭瞄了真禾一眼——看到後者不知該做什麼表情地聳聳肩，李只有別過頭去，自顧自地拿出耳塞。

但好在吵鬧也沒持續多久，至少在出發的前一刻，所有人都安靜了。因為一個從廊道末端走來的人影，在真禾那一排停下腳步。

那竟是馬克總長！

「真禾，我一直沒有機會當面謝謝妳。」他的傷看來已經好多了，雖然聲音仍有些虛弱：「我很感激妳和其他三位做的一切……以後有什麼我幫得上忙的地方，請儘管開口。」

芳蘭和其他同學的臉上浮現詫異的表情，但真禾決定假裝沒注意到。

「好的，總長先生。」她站起身，滿臉通紅地笑了。

「不用那麼拘束，叫我馬克就行了。」長者微微一笑，繼續朝前方的客艙走去。他的身影消失在關閉的艙門外。

理所當然地，所有的人都騷動了。

「哇！好羨慕喔！」

「真禾，為什麼總長對妳這麼好？」

「他有偷偷給妳什麼任務嗎？」

她坐回位置，搖搖頭，神祕地笑了。

「編號S-07，永續號，發射倒數開始。十、九、八、七……」

真禾沒有回答大家的猜測，她只是靜靜地看向窗外等待升空。因為她知道，當來到高處後，會在那扇窗外看到什麼。

她會看到森林裡那座小小的紅磚屋，還有屋頂上對著她揮手吶喊的日日與貓爸爸——或許還有小精靈。真禾知道日日一定會這麼做的，絕對不會食言。

畢竟她可是來自地球的魔女呢。

「五、四、三、二、一。」

後記

這篇故事的發想是來自霍金博士在《大設計》中提到的萬物論概念。霍金博士提出了一個迷人的想法：如果科學的極致就是用理論解釋所有宇宙發生的事，那麼會不會有一個M理論能成為這樣的理論呢？

不過我畢竟不是科學家，對寫作者而言，魔法似乎有趣又好玩了許多——如果說科學代表的是規則，魔法則是小小的混亂吧！究竟哪個比較重要呢？我想是都很重要。畢竟在極端嚴謹的科學下，總也需要一點魔法的空間，才能發生奇蹟。

所以我啊，其實是相信科學和魔法的。正是因為科學和魔法，才能讓這本書順利出版。感謝欣純編輯，和打從高中時代就認識的插畫家Yolinmoon，辛苦了，未來也請多多照顧！當然也感謝我的父母親、公婆和煥棠，謝謝你們不辭辛勞在病房照料我。最後感謝黃泰中、洪浚豪醫師和台大醫院辛勤的醫療人員，沒有你們我無法完成此書。

許芳慈 於二〇一八年五月

九歌少兒書房　249

來自地球的魔女

國家圖書館出版品預行編目（CIP）資料

來自地球的魔女 / 許芳慈著 ; Yolinmoon 圖 .
-- 初版 . -- 臺北市 : 九歌, 2018.06
面 ;　公分 . --（九歌少兒書房 ; 249）
ISBN 978-986-450-195-3(平裝)
859.6　107006984

著　者——許芳慈
繪　圖——Yolinmoon
責任編輯——鍾欣純
創 辦 人——蔡文甫
發 行 人——蔡澤玉
出　版——九歌出版社有限公司
台北市 105 八德路 3 段 12 巷 57 弄 40 號
電話／02-25776564・傳真／02-25789205
郵政劃撥／0112295-1

九歌文學網　www.chiuko.com.tw

印　刷——晨捷印製股份有限公司
法律顧問——龍躍天律師 ・ 蕭雄淋律師 ・ 董安丹律師
初　版——2018 年 6 月
定　價——280 元
書　號——0170244
I S B N——978-986-450-195-3